Sophie Is Seven

ソフィーのさくせん

ディック・キング＝スミス 作
デイヴィッド・パーキンズ 絵
石随じゅん 訳

評論社

ソフィーのさくせん――もくじ

歩け、歩け　7

牧場《ぼくじょう》の勉強《べんきょう》　33

乗馬《じょうば》スクール　49

ソフィーの遠足　71

ハメルンの笛《ふえ》ふき　93

アルおばさんのムチ　113

さくせん開始《かいし》！　139

「ちょっと、よごれた」そう言って、ソフィーは、両《りょう》てのひらを見せました。……「それから、ちょっと、くさい」(92ページ)

ソフィーのさくせん

装幀／川島　進（スタジオ・ギブ）

歩け、歩け

秋も深《ふか》まった、ある日のことです。ソフィーは、ブタのちょきん箱《ばこ》をかかえて、自分の部屋《へや》のベッドにこしかけています。たった今、ちょきん箱《ばこ》に、新しい紙をはりなおしたところです。

ソフィーがまだ四才で、はじめてこのちょきん箱《ばこ》に紙をはったときには、こう書いてありました。

ぼくじょう　ちよきん
ごきようろく　かんしやします
そふいー

ずっとあとになって、まちがったところをなおしました。そして今、もうすぐ七才になるソフィーは、こんなふうに書きなおした紙をはったのです。

ぼくじょうちょきん
どうか、みなさま、ごきょうりょくを
ソフィー

ソフィーは、ブタのちょきん箱《ばこ》のおなかについたふたをはずし、お金《かね》を出して、かぞえはじめました。十二ポンドと六十ペンス。

それから、部屋《へや》のかべにかざった絵を見上げました。かべには、お母さんがかいてくれた絵が四まい、はってあります。ハナコという名前の牛の絵と、エイプリルとメイという名前のメンドリの絵、ハシカという名前のボツボツもようのブタの絵、それからシェトランドポニーのチビの絵。

ぜんぶ、しょうらいソフィーが〈女牧場《ぼくじょう》マン〉になったら、飼《か》うことに決《き》めている動物《どうぶつ》たちです。ソフィーは小さいながら、一度《いちど》決《き》めたら、あきらめずにやりぬく女の子ですから、家族《かぞく》のみんなも、ソフィーならそのとおりにすると、しんじています。

さて、ソフィーが、鼻《はな》の頭をこすりはじめました。これは、何かをいっしょうけんめい考えているときのくせです。

「十二ポンドと六十ペンスか。足りないなあ。もっとお金《かね》をためないと。でも、どうやってためる？」

ソフィーは、ひとりごとを言いました。

ちょうどそのとき、ふたごのお兄ちゃんのマシューとマークが、ソフィーの部屋《へや》にとびこんできました。マシューのほうがマークより十分《じっぷん》早く生まれたお兄ちゃんで、ふたりとも、ソフィーより二才と少し年上です。ふたりは、歩くすがたなど見たことがないくらい、いつも走りまわっています。また、しずかに話すのを聞いたことがないくらい、いつも大声をあげています。

「おおっ！　すげぇー！」

ソフィーのベッドの上に広げられたお金《かね》を見て、ふたりは同時に、声をはりあげました。

「いくらあるの？」

「十二ポンドと六十ペンス。だけど、お兄ちゃんたち、シツレーじゃない？」

と、ソフィー。

「何がだよ？」

「レディーの部屋《へや》にはいるときは、ノックをするものでしょ。まったく、お兄ちゃんたちったら……」

「ワカランチンの」

と、マシューがつづけると、

「アンポンタンの」

と、マークもあとをつづけ、

「どじ、バカ、マヌケ！」

ふたりそろって言いました。これは、ソフィーがおこったときにいつも言う、わるぐちなのです。

つぎに、お兄ちゃんたちは、ふたりで顔を見合わせて、ニタッとわらってから、

「いいこと考えた！」

と、マークが言って、

「おれも考えた！」

と、こんどはマシュー。すると、ソフィーが言いました。

「はいはい。何、考えたか、あたしにもわかったよ。でも、だめ！　お兄ちゃんたちなんかに、かしてあげないよ。お金《かね》は一ペンスもかさない」

「けーちんぼ！」

お兄ちゃんたちは、そうどなると、部屋《へや》からとびだして、きょうそうで、かいだんをかけおりて行ってしまいました。

ソフィーは、ちょきん箱《ばこ》にお金《かね》をもどすと、ブタのおなかのふたをしっかりしめました。そして、かいだんをとことこおりると、玄関《げんかん》ホールのテーブルの上にちょきん箱《ばこ》を置《お》きました。ここに置《お》けば、家にはいってきた人がだれでも、この紙を読むかもしれない、と考えたのです。

それから、お母さんをさがしに行きました。

「お母さん。お金《かね》をあつめるには、どうしたらいいかなあ？」

「お金をあつめるって、募金《ぼきん》みたいなこと？」

「そう。お金《かね》もうけじゃないよ」

「こまっている子どもをすくうためとか、そういうこと？」

「そう、そう」

だって、あたしは、こまっている子どもだからね、と、ソフィーは心の中で言いました。

「そうねえ、いろいろなやりかたがあるけど……。ふつうはバザーとか、スポンサーウォークかしらね」

「それ、どんなこと？」

「たとえば十キロとか距離《きょり》を決《き》めて、歩くのよ。それで、きょうりょくしてくれる人に、一キロにつきいくらって、お金《かね》を出してもらうの。一キロにつき十ペンスとかね」

「または、一キロにつき一ポンドとか？」

「そうね」

「そしたら、十キロで十ポンドだ！」

「そう。それで、もしも十人の人がきょうりょくしてくれて、一キロに十ポンドずつ出してくれたら、百ポンドの募金《ぼさん》があつまるわ」

「すごい……」

ソフィーは、小さくつぶやきました。

十キロね。十キロぐらい歩けるよ。マラソンとちがうから、走らなくていいんだもん。

そのあと、お兄ちゃんたちに聞きました。

「マラソンって、どれぐらい走るの？」

「四十二・《てん》」

と、マシューが言って、

「一九五《いちきゅうご》キロ」

と、マークがつづけました。

ソフィーは、物置《ものおき》にむかいました。小さいころは、そこで、いろいろなペットを飼《か》っていました。ペットといっても、カタツムリやナメクジ、ゲジゲジのような生きものでしたが。今は、物置《ものおき》の床《ゆか》に置《お》いた大きなウサギ小屋《ごや》に、白いウサギのビーノがいるだけです。

ソフィーは、ビーノにそうだんしてみました。

「四十二てんナントカキロ走るのにくらべたら、十キロ歩くなんて、ずーっとかんたんだよね。そう思わない？　ハルカニかんたんたんだよ」

大きなウサギのビーノは、耳をぱたぱたさせながら、まっ赤《か》な目でソフィーを見つめました。そして、「そのとおり」というように、鼻《はな》をひくひくさせました。ともかく、ソフィーには、そう見えました。

そのうちに、ソフィーが飼《か》っている黒ネコのトムボーイがやってきて、物置《ものおき》の戸口から顔を見せました。

「あたし、十キロなら歩けるよね。そうでしょ、トムボーイ？」

「イェース・ニャン！」

と、トムボーイが答えました。ともかくソフィーには、そう聞こえました。

ソフィーは、庭《にわ》を見まわしました。庭《にわ》の形は、だいたい四角形になっています。そして、庭《にわ》をぐるりとまわれるように、砂利道《じゃりみち》があります。ソフィーは、ひとまわり歩いてみました。

「これで、何キロだろう？」

その夜、ソフィーは、お父さんにたずねました。

「お父さん。うちの庭《にわ》は、ひとまわり何キロあるの？」

「庭《にわ》の砂利道《じゃりみち》のことかい？」

「そう。一キロぐらいじゃない？」

すると、お父さんはわらって、

「どうしても知りたいなら、はかってやろう。お父さんの一歩が、だいたい九十センチだからね。でも、なんで、そんなことを聞くんだい？」

「なんでも」

それで、お父さんは、庭《にわ》をまわる砂利道《じゃりみち》を、しんけんな顔つきで、一歩一歩大きな声でかぞえながら歩きました。

「八十九歩だ。計算しやすく、九十歩と考えよう。そうすると、一周《しゅう》は九十センチかける九十だから、八十一メートルになる」

「わあっ！　それじゃあ、一キロ歩くには、ええっと……」

ソフィーが、しばらく考えこむと、

「やく十二周《しゅう》だ」

と、お父さんが言いました。

「それじゃあ、十キロ歩くには？」

「ざっと百二十周《しゅう》だな。そんなばかげたことをする人がいたら、の話だけど。もう、いいかい？　家にはいって、テレビでクリケットを見たいんだ」

百二十周《しゅう》。でも、きっと歩けるよ。ソフィーは、そう思いました。

居間《いま》にはいってみると、マシューとマークもクリケットを見ていました。ふたりとも、スポーツがだいすきです。家族《かぞく》の飼《か》い犬のシッコも、いっしょにいました。小さな白いテリアで、右目のまわりだけに黒いもようがあります。シッコは、テレビのまん前にすわって、ふるえるほどむちゅうになってクリケットの試合《しあい》を見ています。だって、ボールを追《お》いかけるのが、だいすきなんですから。ほら、あそこで、ボールを投《な》げたり、打《う》ったり、ころがしたりしているではありませんか。この箱《はこ》からボールがころがり出てきたら、追《お》いかけてやるんだ、ワン！

ソフィーは、テレビをながめていても、頭の中は自分の計画でいっぱいでした。お金《かね》をあつめるって、アンガイかんたんにできるじゃない。

お父さんが一キロにつき一ポンドくれるとする。お母さんも一キロに一ポンド。お兄ちゃんたちも……それは、だめ。お兄ちゃんたちは、一ペンスだってくれないだろうな。

牧場《ぼくじょう》ちょきんをたくさんあつめるには、もっとほかの人にも、きょうりょくしてもらわないといけないね。学校のクラスのみんなからも、もらうことにしようか。ただし、ドーンには、たのまない。

ドーンというのは、ソフィーと同じクラスの女の子ですが、これまで、ふたりは何度《なんど》も、トラブルを起《お》こしてきました。あの子だけは、どうしてもゆるせない。ソフィーは、そう思っています。

それにしても、まずは十キロ歩くこと。それから、みんなに言って、お金《かね》をはらってもらう。よし。さっそくあした、歩くことにしようっと。

そこまで計画が決《き》まったので、ようやくソフィーも、身《み》を入れてクリケットの試合《しあい》を見はじめました。すると、気になることが見つかりました。

「あんなに晴れて、いいお天気なのに、どうしてあの人は、あんなぼうしをかぶって、白いコートを着《き》て、肩《かた》や腰《こし》にまでセーターをまいてるの？　さむがりなの？」

「ちがう、ちがう。審判《しんぱん》だから」

と、三人。

「選手《せんしゅ》が、セーターをぬいだの」

と、マークが言い、

「それを審判《しんぱん》が、あずかってるの」

と、マシューが言いました。

「いい人だね」

と、ソフィー。

しばらくして、またソフィーが聞きました。

「あの人、なんであんなことしてるの？」

「だれ？」

と、マシュー。

「チンパンさん」

ソフィーが言うと、

「〝審判《しんぱん》〟だよ。あんなことって？」

と、マーク。

「ポケットから何か出して、べつのポケットに入れてるよ」

ソフィーが言うと、

「小石だよ。投手《とうしゅ》が何回ボールを投《な》げたか、かぞえてるんだ。六つの小石をポケットからポケットにうつしたら、〝オーバー〟をコールする」

お父さんが説明《せつめい》してくれました。

「なんで？」

「〝オーバー〟で〝エンド〟になるから。そしたら、〝エンド〟の交代《こうたい》だ」

「〝エンド〟って、何？」

「ソフィー、だまって見てろよ」

お兄ちゃんたちが、そろって言いました。

「ちょっと見てごらん。そのうち、わかってくるから」

お父さんも言いました。

「もう、見ないよーっだ！」

ソフィーは、おこってドタドタと出ていきました。

その晩《ばん》、ベッドにはいるころには、すっかり計画ができあがっていました。あしたの朝、起《お》きたらすぐ、十キロ歩くんだ。庭《にわ》を百二十周《しゅう》だから、そうとう時間がかかるかもしれない。それなら、早起《はやお》きしなくちゃ。

ソフィーは、まくらを頭でトントンと六回たたいて、すぐに、ぐっすりねむりこみました。

つぎの朝、目がさめたとき、時計《とけい》を見てびっくり。ぴったり六時に起《お》きられました。

ソフィーは、いそいで着《き》がえると、しずかにかいだんをおり、長ぐつをはいて外に出ました。子犬のシッコがあとから追《お》いかけます。どんよりとくもった、今にもふりだしそうな空もようです。

「物置《ものおき》からスタートだよ」

ソフィーは、シッコに声をかけました。

「百二十周《しゅう》まわったら、それでいいの。かんたんだよね。でも、ちゃんとかぞえてないと、多くまわっちゃう。あっ、そうだ！」

ソフィーは、かがんで、両手《りょうて》にいっぱい小石をひろい、ジーンズのポケットに入れました。それから、物置《ものおき》の戸をあけて、ビーノに「おはよう」のあいさつをして、ニンジンを一本あげました。そのときに、古いボール紙の箱《はこ》を見つけました。箱《はこ》のよこに黒いインクで〝ベークドビーンズ〟といんさつしてあって、その下に赤い字で大きく〝カタツムリ〟と書いてあります。

ソフィーは、その箱《はこ》を戸口に置《お》いて、庭《にわ》の砂利道《じゃりみち》を歩きはじめました。そのあとをシッコがついて歩きます。ひとまわりして物置《ものおき》の前に来たときに、ポケットから小石をひとつ出して、ボール紙の箱《はこ》の中にポトンと落としました。

「あと、たったの百十九周《しゅう》だよ！」

ソフィーは、ビーノにそう声をかけて、とことこ歩きつづけました。なまり色の空からは、大つぶの雨がふりだしました。

六時半になると、まどガラスをたたく雨音で、お母さんが目をさましました。お父さんを起《お》こさないように、そっとベッドから出て、庭《にわ》に目をやりました。

ときには雨もひつようだわよね。

そう思ったとき、どしゃぶりの雨の中を、むすめが、まじめくさった顔つきで歩きまわっているのが見えました。おどろいて見ていると、ソフィーは、物《もの》置《おき》の戸口に近より、ポケットから何かをとりだして、箱《はこ》の中に投《な》げ入れました。そして、また歩きだします。そのあとを、シッコがとことことことこ。

お母さんは、大いそぎでかいだんをかけおり、ねまきの上にレインコートをひっかけ、ふりしきる雨の中を物置《ものおき》にむかって走りました。お母さんが物置《ものおき》にとびこむと、そのすぐあとに、ソフィーが、小石をひとつ持《も》って、戸口にやってきました。

「ソフィー！　早く、中にはいって！」

お母さんが、さけびました。

ソフィーは、言われたとおり、物置《ものおき》にはいってきました。いつもは、「今、しげみをおしりからくぐってきたところ」というようにモジャモジャの頭が、まるで、「今、ドーバー海峡《かいきょう》をおよいでわたってきた」かのようになっています。黒い髪《かみ》の毛は、頭にぴったりはりつき、いつものおんぼろジーンズも、白い字でＳＯＰＨＩＥ《ソフィー》と書いた、ちょっときつくなった青いセーターも、ぐしょぬれです。長ぐつは、雨水がはいって、ガボガボ音がするほど。水がだいすきな子犬のシッコが、ソフィーのあとからはいってきて、うれしそうにブルブルと体《からだ》をふるわせ、ふたりに水をはねとばしました。

「いったいぜんたい、何をしてるの？」

お母さんが聞くと、ソフィーがぽつりと答えました。

「歩いてるの」

「この雨の中を、庭《にわ》をぐるぐるまわって？　どういうこと？」

「お金《かね》をあつめるためだよ。ほら、募金《ぼきん》みたいなもの。お母さんが教えてくれたでしょ」

「スポンサーウォークのこと？」

ソフィーは、雨のしずくをポタポタたらしながら、うなずきました。

「なんのために、お金《かね》をあつめるの？」

「牧場《ぼくじょう》。まだ、たった十二ポンド六十ペンスしか、たまってないの」

お母さんは、この、小さいけれど、あきらめずにやりぬく女の子を、いとおしそうに見て、言いました。

「さあ、おうちにはいりましょう。ぬれた服《ふく》をぬいで、おふろであたたまらないと」

「でも、まだ歩きおわってないんだもん」

ソフィーが言うと、

「もう、じゅうぶん歩いたわよ。さあ、いらっしゃい」

と、お母さん。

「わかった。でも、ちょっと待《ま》って」

そうしてソフィーは、〝カタツムリ〟の箱《はこ》にたまった小石をかぞえだしました。

「十二だ」

「十二って、十二周《しゅう》まわったってこと？」

「そう。これで一キロだよ。お父さんが、そう言ったもん。あと九キロだね」


おふろの中で、ソフィーは、ゴムのカエルのおもちゃを鳴らして遊《あそ》びました。タオルでごしごしふいてもらったシッコは、バスマットにすわって、わくわくして見つめています。それ、こっちに投《な》げて！　そしたらとってくるよ、ワン。

「ねえ、一キロ歩いたから、いくらもらえる？」

するとお母さんが、ゆっくり話しはじめました。

「あのねぇ、ソフィー。あなた、少し、かんちがいしてると思うわ。スポンサーウォークは、はじめにみんなに説明《せつめい》して、きょうりょくしてお金《かね》を出してくださいって、たのむのよ。それから、歩くの。そうして歩きとおしたら、お金《かね》がもらえるってわけ」

「ええっ、そうなの？」

「それに、歩くっていっても、ふつうは町や村をこえて、遠いところまで歩いていくの。庭《にわ》をぐるぐるまわるんじゃなくて」

「ええっ！　それじゃあ、あたしは、なんにももらえないの？」

「そうねぇ。お母さんがきょうりょくすることにしてあげましょうか。どれだけ歩いたんですって？」

「一キロ」

「それなら、一ポンド出すわ」

それを聞いて、ソフィーはニコニコ顔。

「ありがとう、お母さん。ほんとは、とちゅうでやめてよかった。十キロ歩くつもりだったけど、あたし、スタニマが切れそうだったの」

「スタミナのこと？」

「そう。朝ごはん、まだ？　あたし、おなかがすいたな」

牧場《ぼくじょう》の勉強《べんきょう》

ソフィーは学校がすきです。先生もすきだし（まああだけど）、クラスの子も、ドーンのほかは、きらいではありません。もっとも、決《き》まったなかよしはいませんが。

というのは、ソフィーは、ひとりでいるのがすきだからです。それに、ソフィーに言わせれば、たいていの子は泣《な》きむし（ドーンのように）か、またはよわむし（ダンカンのように。ダンカンというのは、茶色い髪《かみ》の、ずんぐりと太った男の子です）の、どっちかだから。前に、ダンカンのことを、しょうらい〈女牧場《ぼくじょう》マン〉になったときに、やとい人《にん》として使《つか》おうと決《き》めたこともありました。けれども、あとで、ダンカンはクビにしました。

そんなソフィーが気に入っている男の子が、たったひとり、います。それはアンドリュー。牧場《ぼくじょう》のうちの子です。ソフィーは、これまで何度《なんど》か、うまくアンドリューの家に、お茶によんでもらったことがあります。といっても、じつは、ソフィーがアンドリューに、「あんたのママに、あたしをお茶によんでって、たのんで」と言ったからですが。

アンドリューは、すごくいいにおいがする――ソフィーは、そう思っています。夏休みに家族《かぞく》で泊《と》まったコーンウォールの牧場《ぼくじょう》の女の子、ジョーと同じ。ジョーはブタとポニーのにおいで、アンドリューは牛のにおいです。

学校に、たったひとつ文句《もんく》を言いたいのは、牧場《ぼくじょう》のじゅぎょうがないことでした。

「まったく、どーして、牧場《ぼくじょう》のじゅぎょうがないんだろうね。字を読んだり、書いたり、それから足し算とかの勉強《べんきょう》も、役《やく》に立つと思うよ。でもね、牧場《ぼくじょう》の勉強《べんきょう》を教えてくれなかったら、あたし、〈女牧場《ぼくじょう》マン〉になれるわけがないでしょ」

それを聞いたお父さんとお母さんが、言いました。

「その前に、ならうことが、たくさんあるからな」

「それに、あなたは、牧場《ぼくじょう》の本をいっぱい持《も》ってるじゃない。本を読めば、たいていのことがわかるでしょ」

するど、マークが、

「それに、アンドリューに教えてもらえるだろ」

つづいて、マシューが、

「おまえのボーイフレンドのね」

そう言ったので、ソフィーはおこりました。

「ボーイフレンドじゃないよ。ただの友だち！」

「友だちのことを、フレンドって言うんだよ」

と、さらにマシュー。

「それから、男子はボーイ」

と、マークが言って、それからふたりそろって、言いました。

「だから、ボーイフレンドだろ!」

「お兄ちゃんたちったら、ワカランチンの、アンポンタンの、どじ、バカ、マヌケ!」

ソフィーはそう言うと、ドタドタとびだしていきました。

ところが、新学期《がっき》には、うれしいことが待《ま》っていました。学校がはじまった日、先生が教室で、こう言ったのです。

「さあ、みなさん。きょうからしばらくのあいだ、牧場《ぼくじょう》の勉強《べんきょう》をすることにしましょう」

「やったー!」

ソフィーは、思わず声をはりあげました。

「ソフィーちゃん、あなたはよろこんでくれると思いましたよ。それから、アンドリューもね」

と、先生。

アンドリューは、ソフィーと同じぐらい背《せ》がひくい、元気な男の子で、髪《かみ》の毛は、ほとんど白に近い金髪《きんぱつ》です。そのアンドリューが、きっぱりと言いました。

「ぼくは牧場《ぼくじょう》のことなんて、もう、なんでもわかってるよ」

「なんて、おりこうなんでしょう。それじゃあ、これから先生が、ほかの人たちにいくつか質問《しつもん》をするあいだ、だまっていてちょうだいね。では、質問《しつもん》です。牛乳《ぎゅうにゅう》は、どこから来るでしょうか？」

とたんに、たくさんの手があがりました。

「はい、ドーンちゃん」

「牛乳屋《ぎゅうにゅうや》さんです」

ソフィーは、ブーッと鼻《はな》を鳴らしました。ドーンは、いつもよりもっとひどいかっこうをしています。おなじみの金髪《きんぱつ》をきれいにゆって、緑色《みどり》のリボンをむすんでいますが、おまけにきょうは、金色のイヤリングまでつけ、サンゴ色のマニキュアで、つめをぴかぴかにしています。

「ではソフィー、ドーンの答えは正しいですか？」

「ドーンはブチだよ」

「〝無知《むち》〟のこと？」

「頭がよわいってこと。牛乳《ぎゅうにゅう》がどこから来るかっていったら、牛からだよ」

ソフィーの答えに、アンドリューもさんせいしました。

「そうだよ。あったりまえ」

「そうね。ソフィーの答えが正しいわ。でも、ソフィー、ドーンにたいして、そんなひどいことを言うものではありません。あなたはよく知っているようだから、みんなに説明《せつめい》してちょうだい。どうして、牛から牛乳《ぎゅうにゅう》がとれるのでしょう？」

「モチロン、子どもに飲《の》ませるためにメウシが牛乳《ぎゅうにゅう》を出すから。母親はみんなそうだよ。あたしだって、赤ちゃんにおっぱいを飲《の》ませるよ。結婚《けっこん》したらね」

「そうね、そうね。ちょっと牛の話にもどりますよ。さあ、それでは、だれかわかるかしら……ソフィーとアンドリューいがいの人で……牛の子どもは、なんて言うのかな？」

するとと、何人かが答えました。

「子牛！」

「雄牛《おうし》がいなくちゃ、うまれないよ」

ソフィーのことばに、アンドリューも、

「そうだよ。あったりまえ」

先生は、あわてて、

「そうね、そうね。そのとおりだわ、ソフィー。それでは、牧場《ぼくじょう》には、ほかにどんな動物《どうぶつ》がいるでしょう？」

またまた、たくさんの手があがり、何人かの生徒《せいと》が口々に言いました。

「ヒツジ」

「ブタ」

すると、ダンカンも言いました。

「ポニー」

前に、ダンカンは、校庭《こうてい》でなわとびのなわにつながれて、ポニーにされていたことがあります。はじめはソフィーのポニーだったのですが、ソフィーが水ぼうそうで学校を休んでいるあいだに、ドーンによこどりされました。そのあと、けっきょくソフィーにしかえしされて、ふたりとも大泣《おおな》きすることになりました（ソフィーは泣《な》きませんでしたが）。

アンドリューが、ばかにしたように言いました。

「ポニーも馬も使《つか》わないよ。トラクターがあるからね。うちにも、でっかい緑《みどり》色のがあるよ。百万ポンドぐらいするやつ」

「牧場《ぼくじょう》によっては、まだ馬やポニーを使《つか》うところもあるようですよ。さあ、みなさん、まだ、だいじなものをわすれているんじゃない？　鳥はどうでしょう？　牧場《ぼくじょう》には、どんな鳥がいるかしら？」

先生が言うと、とたんに、何人かが答えました。

「ニワトリ」

「アヒル。ガチョウ」

つづいて、ソフィーも答えました。

「ダチョウ」

すると、げらげら、くすくす、わらい声があがりました。とくに、ドーンのわらい声が高くひびいたようです。

「ソフィー、ふざけないで」

先生に言われて、ソフィーは、ぶすっとしました。

「いるよ。だって、ダチョウの牧場《ぼくじょう》があるんだから。テレビでやってたよ」

「そうだよ。あったりまえ」

と、アンドリュー。

「ふたりとも、ちょっとだまって。さあ、ニワトリ、アヒル、ガチョウが出ましたね。もうひとつ、べつの鳥をわすれていますよ。大きな鳥です」

「ダチョウは大きいよ」

ソフィーが言うと、先生は、

「いえいえ、ダチョウじゃないわ。その鳥は、あるとくべつな日にかんけいがあります。もうあと何週間かたつと、その日がやってきますよ」

それでも、みんながぽかんとしているので、また先生が言いました。

「十二月の二十五日。さあ、なんの日？」

「あたしの七才のたんじょう日」

と、またソフィー。

先生は、

「ああ、そうだったわ。ほかには？」

するとドーンが答えました。

「クリスマスです！」

「そうですね。では、先生が言いたかった鳥は、何かしら？」

「シチメンチョウ！」

「そのとおり。クリスマスのごちそうは、だれでもみんな楽しみですよね？」

すると、ソフィーが言いました。

「楽しみなわけないよ。シチメンチョウにはね」


休み時間の職員室《しょくいんしつ》です。ソフィーのたんにんの先生が、コーヒーを飲《の》みながら、ほかの先生がたに、ぼやきました。

「学習《がくしゅう》のテーマに牧場《ぼくじょう》をえらんだのは、しっぱいじゃないかと思えてきたわ。どっちが教えているのか、わからなくなるんだもの。わたしなのか、ソフィーとアンドリューなのか」

しばらくあとの日のじゅぎょうで、先生は、教室のかべにはるために、子どもたちに絵をかいてもらうことにしました。

「なんでもいいから、牧場《ぼくじょう》にかんけいのあるものをかいてください」

ほとんどの生徒《せいと》は、動物《どうぶつ》の絵をかきはじめました。けれども、アンドリューは、とてつもなく大きなトラクターに、豆《まめ》つぶのように小さな人間（アンドリュー）が乗《の》っている絵をかいて、トラクターを緑色《みどり》にぬりはじめました。

先生は、ソフィーの席《せき》に近づくときには、少しはらはらしていました。きっと、ダチョウの絵をかいているわ。そうでなければ、オノをもった男に追《お》いかけられているシチメンチョウの絵とか。

ところが、ソフィーは、丸々太ったメウシの絵をかいていました。大きなおなかの下には、みごとなおっぱいがかいてあります。

「まあ、すごいわ！　きっと、たくさん牛乳《ぎゅうにゅう》が出るでしょうねぇ」

「出る」

ソフィーの返事《へんじ》は、かんたんです。

先生は、ソフィーの絵のメウシのおっぱいからつきでている、大きな四本のソーセージのようなものを指《ゆび》さして、言いました。

「これは、ちょっと、大きすぎるんじゃないかしら？」

「えっ？　チクビのこと？」

「ああ、そう。それのこと」

「牧場《ぼくじょう》では、チクビっていうよ」

ソフィーがそう言うと、アンドリューも言いました。

「そうだよ。あったりまえ」

「牛乳《ぎゅうにゅう》は、ここから出てくるんだよ」

ソフィーが言うと、先生は、

「ええ、そうね、ソフィー。みんなも知ってると思うわ」

「そうでもないんじゃない？　なかにはブチなのがいるからね」

そう言って、ソフィーは手に持《も》ったえんぴつで、ドーンの席《せき》をさしました。

先生は、あわてて話題《わだい》をかえました。

「ねえ、ソフィー。このメウシは、なんて名前なの？」

「ハナコ」

「いい名前だわ。それにしても、あなたの絵は、ずいぶん太りすぎのようね」

「太ってるんだよ。だって、子牛がうまれるところだもん。言ったでしょ？　雄牛《おうし》のこと。おぼえてる？　九か月たつと、メウシはこんなに太って、牛乳《ぎゅうにゅう》もたくさん出るようになるの。わかるでしょ？」

ソフィーが言ったあと、アンドリューがつづけました。

「そうだよ。あったりまえ！」

乗馬《じょうば》スクール

「ねえ、お母さん」

土曜日の朝です。ソフィーがお母さんに話しかけました。

「なあに？」

「あたしの乗馬《じょうば》のレッスン、いつからはじめるの？」

「クリスマスのあとよ。アルおばさんからのプレゼントだもの」

アルおばさんのプレゼントとは、こういうわけでした。この前の夏休みに遊《あそ》びに行ったコーンウォールで、ソフィーは、ポニーの乗馬《じょうば》をならいました。それがとても楽しかったので、アルおばさんにもそのことを報告《ほうこく》しました。

アルおばさんというのは、ほんとうはソフィーの大《おお》・大《おお》おばさんにあたる人ですが、ソフィーとは大《だい》・大《だい》なかよしなのです。かたほうは七才になるところで、もうかたほうは八十二才をすぎたところですが、ふたりは、似《に》たものどうしです。ふたりとも、背《せ》がひくくて小さいけれど、一度《いちど》決《き》めたことは、あきらめずにやりぬく。そして、ふたりとも、むだなことをしません。

そのアルおばさんが、夏休みのおわりに、ソフィーに、すてきなやくそくをしてくれました。こんどのクリスマスプレゼントと、たんじょう日プレゼントをいっしょにして、乗馬《じょうば》のレッスン料《りょう》を出してあげよう、と。

「待《ま》ちきれないよ」

ソフィーがお母さんに言いました。

「もうすぐよ」

「だけど、どこでレッスンするの？」

「乗馬《じょうば》スクールよ」

「どこにあるの？」

「このへんにも、いくつかあるわ。電話帳《ちょう》を見てごらんなさい」

ソフィーは、とことこ電話帳《ちょう》をさがしに行き、ページをめくりました。

「じょ……じょう……と、あった、あった。乗馬《じょうば》スクールがあったよ」

ソファーでうとうとしている黒ネコのトムボーイに、ソフィーが話しかけました。そして、まっ黒い背中《せなか》をなでながら、

「ねえ、トムボーイ。あたし、本式《ほんしき》の乗馬《じょうば》をならうんだよ。ほんとの〈女牧《ぼく》場《じょう》マン〉みたいに。さあ、近くに、いい乗馬《じょうば》スクールがあるかどうか、見てみようね」

ソフィーの家からそれほど遠くないところに、乗馬《じょうば》スクールがいくつかありました。そのうち、ひとつの広告《こうこく》が目にとまりました。

クローバー乗馬《じょうば》スクール
○初心者《しょしんしゃ》でも、お子さまでも大歓迎《だいかんげい》
○乗馬《じょうば》をならって、馬で気ままに郊外《こうがい》へ

○一日コース、半日コース、時間コース
○ポニー売ります

ソフィーの目は、さいごの一行にすいよせられました。へえ！　考えただけでも、うっとりだね。でも……と、ソフィーは、トムボーイに話しかけました。

「ぜったいむり、とは言えないよね。だって、ずっとずっとむかしは、あたし、なんの動物《どうぶつ》も飼《か》わせてもらえなかったんだもん。そしたら、おまえが来て、そのつぎにはウサギをもらって……それから、犬も飼《か》えるようになったんだから（ほんとうは、シッコは家族《かぞく》みんなの犬ですが、ソフィーは、自分のものだと思うことにしています）。だけど、自分のポニーなんて、いつか、飼《か》えるのかなあ？」

「ニョカ・ニャアー」

トムボーイも言いました。

「やせ型《がた》のポニーなら、物置《ものおき》にちょうど、はいるよね。ポニーに乗《の》れば、庭《にわ》を百二十周《しゅう》まわるのなんて、かんたんだ」

ソフィーは、鼻《はな》の頭をこすりはじめました。お兄ちゃんたらは、お父さんといっしょに、どこかへ出かけています。まどからは、お母さんが、せっせとバラの手入れをしているすがたが見えます。ソフィーは、クローバー乗馬《じょうば》スクールに電話をかけました。

「もしもし。もうすぐ七才の子どもが乗《の》れるようなポニーを、売っていますか？」

「はいはい。ポニーをおさがしですか？」

電話のむこうは、女の人の声でした。

「そうです」

「ええ、いますとも。初心者《しょしんしゃ》のかた？」

「まあ、そうです」

「ちょうど一頭、かわいい子馬のポニーがいますよ。毛の色はパロミノ（クリーム色）。オスで、肩《かた》までの高さが百二十センチ。子ヤギみたいにおとなしいわ」

それに、やせ型《がた》だといいんだけど、とソフィーは思いました。

「いくらですか？」

「一千ポンドぐらいでしょうか」

「えっ！　あたし、三十ポンドと六十ペンスしかないの」

「ああ、それじゃあ、乗馬《じょうば》レッスン料《りょう》の二回分にもならないわね」

「ええっ！　レッスン料《りょう》って、いくらですか？」

「一時間につき八ポンドです。何人かのお友だちといっしょの、グループレッスンでね」

ソフィーは、だまりこんでしまいました。ずっと前、アルおばさんは、おたんじょう日プレゼントに五ポンドくれたことがあった。だから、こんどは八ポンドぐらい出してくれるかもしれない。でも、それでは、一時間のレッスン料《りょう》なんだって。一時間で、本式《ほんしき》の乗馬《じょうば》がおぼえられるかしら？

「もしもし？　聞こえてますか？」

と、電話のむこうの声が聞きました。

「はい」

「では、こんどはお母さんかお父さんに、電話をしてもらってね。そのときにくわしい話をしましょう」

「わかりました。でも、あたしがポニーを買いたいって言ったことは、ないしょにしてね」

「ええ、わかったわ」

「ありがとう。それじゃあ、また」

〝こんど〟が、ほんとに来ればいいんだけど。そんなことを思いながら、ソフィーは電話を切りました。

それから、外にいるお母さんのところに行きました。

「乗馬《じょうば》スクールに、電話したよ」

「あら、そう。えらいわ。あなたが通《かよ》いはじめたら、そこで馬《ば》フンを売ってくれるかどうか聞いてみようかしら。バラの木には、馬《ば》フンが、いい肥料《ひりょう》になるのよ」

あたしにポニーを一頭買ってくれたら、すきなだけ馬《ば》フンをあげられるのに。しかも、ただでね、と、ソフィーは、心の中だけで言いました。


「レッスン料《りょう》って、ずいぶん高いんだって」

ソフィーが言うと、

「いくら？」

「一時間八ポンド」

「それぐらいでしょ」

「アルおばさんは、きっと、おどろくよ」

「それじゃあ、アルおばさんに電話してあげたほうが、いいかもしれないわね」

お母さんに言われて、ソフィーは、そのとおりにしました。

アルおばさんは、スコットランドの高地地方に住《す》んでいます。ソフィーはいつも、こんなふうにそうぞうしています。アルおばさんの家は、高い山のてっぺんにあって、おばさんのまわりには金色ワシと、青ノウサギと、赤シカがいっぱい。

ソフィーは、もう何回もおばさんと電話で話したことがあります。そのたびに、自分の声が、電話線の中を何百キロもつたわっていき、しまいには高い高い高地のがけを登《のぼ》っていくのかと思うと、感心《かんしん》せずにはいられません。アルおばさんの声だって、はるばる山をかけおりてくるのですから。それなのに、まるで同じ部屋《へや》の中にいるように、話ができるなんて。

「もしもし、アルおばさん？　ソフィーです」

「ソフィーなの？　声が聞けてうれしいわ。みんな、お元気？」

「うん。トムボーイも、ビーノも、シッコも元気だよ」

「お父さん、お母さんと、お兄ちゃんたちのことを聞いたのよ」

「ああ、みんな元気。オリーはどうしてる？」

オリーというのは、アルおばさんが飼《か》っているネコで、トムボーイの子どもです。

「元気よ。わたしも元気」

ソフィーは、しばらくだまりこみました。このわるい知らせを、どうやっておばさんにつたえたらいいんだろう。値段《ねだん》を聞いたとたん、おばさんは、おどろいて、ひっくりかえってしまうかもしれない。

「何か用事《ようじ》があって、電話をくれたの？」

「そう」

ソフィーは、まわりくどいのがきらいです。だから、気になっていることを、そのまま、ずばりと言うことにしました。

「おばさんがプレゼントしてくれるって言った、乗馬《じょうば》のレッスンね」

「ええ」

「あれ、とっても高いの」

「いくら？」

「一時間八ポンド」

高地からはるばるおりてくる電話線から、長く、ひくい口笛《くちぶえ》がひびきました。

やがて、アルおばさんが言いました。

「そんなにするの？」

「そう。だから、おばさんに電話して、とってもうれしいけど、本式《ほんしき》の乗馬《じょうば》は一時間じゃおぼえられないからって、おことわりしようと思ったの」

「とんでもない！　いい、ソフィー、わたしはこう言ったのよ。クリスマスプレゼントと、七才のおたんじょう日のおいわいをいっしょにして、乗馬《じょうば》のレッスン料《りょう》を出しましょうって。そうでしょう？」

「うん」

「そうよ。つまり、あなたへのプレゼントは、本式《ほんしき》の乗馬《じょうば》ができるようになるだけのレッスンってこと。わかった?」

「はい」

「乗馬《じょうば》をならうなら、本式《ほんしき》な乗《の》りかたを身《み》につけないといけないわ。いい?」

「はい」

「わたしも、ちょうどあなたぐらいの年に乗馬《じょうば》をならったけれど、それがよかったと思うわ。ただし、自分のポニーがほしいなんてばかげた考えは、持《も》たないほうがいいわよ。手に入れるだけで、ひと財産《ざいさん》かかるもの。しかも飼《か》うとなったら、なおたいへん」

「はい。ありがとう、アルおばさん」

「じゃあね、さようなら」

「さようなら」

つぎの日、ソフィーは、クローバー乗馬《じょうば》スクールへ行くことになりました。

お父さんは、ゴルフの練習《れんしゅう》。マシューとマークは、いつものようにサッカー。そこで、お母さんがソフィーに言ったのです。

「あなたが電話してくれた乗馬《じょうば》スクールを、ちょっと見てきましょうよ。せっかくアルおばさんが出してくださるお金《かね》ですもの、むだに使《つか》ったら申《もう》しわけないから」

そうしてお母さんは、乗馬《じょうば》スクールに電話をして、時間を決《き》めました。

乗馬《じょうば》スクールの馬場《ばば》へ出ると、ずらっとならんだ馬小屋《ごや》の、下半分しかない木戸の上から、たくさんの顔がこちらを見ました。やがて、建物《たてもの》の角《かど》をまがって、背《せ》の高い女の人が歩いてきました。その後ろから、ミケネコがついてきます。

ソフィーは、この人と、このネコに、どこかで会《あ》ったような気がしました。

ネコは、まっすぐソフィーのいるところへやってきて、しっぽをピンと立てて、ソフィーの足にまとわりつき、さかんにゴロゴロのどを鳴らしました。

「まあ、ドリーはあなたが気に入ったようだわ」

背《せ》の高い女の人が言いました。

「ソフィーは、どんな動物《どうぶつ》にもすかれるんです」

お母さんが言うと、

「ソフィー？」

背《せ》の高い女の人は、びっくりしたように、ソフィーの顔を見ました。

「ドリー？」

ソフィーも、びっくりしたように、ネコを見ました。

「ああ、わかったわ！　うちのドリーが赤ちゃんだったときに売ってくれた、小さなおじょうちゃんね。思い出したわ。メスは一ぴきだけだったのよね。あとは、ぜんぶオスで。あのとき、わたしがそう言ったものだから、あなた、ち

よっときげんをわるくしたでしょ」

「そう。みんなメスだといいと思ってたの。そうしたら、いっぱい子どもをうませて、その子ネコを売って、牧場《ぼくじょう》ちょきんにするつもりだったから」

「へえ。牧場《ぼくじょう》を買いたいの？」

「〈女牧場《ぼくじょう》マン〉になるの」

すると、背《せ》の高い女の人は言いました（この人は乗馬《じょうば》スクールの経営者《けいえいしゃ》で、メグ・モリスという名前でした）。

「ああ、そうなの。それなら、乗馬《じょうば》をならうのはいい考えだわ。しょうらい、自分の牧場《ぼくじょう》を、馬に乗《の》って見まわれるもの。ポニーに乗《の》ったことはある？」

「うん。この前の夏、コーンウォールで。バンブルビーって名前のポニー。一回落《お》ちたけど」

「それでも、すぐに乗《の》りなおしたんですよ。帰るころには、ちょっとしたジャンプもできるようになったくらいで」

ソフィーのお母さんが、つけたしました。
「すごいわ。それじゃあ、まったくの初心者《しょしんしゃ》とは、べつあつかいね。いつから
はじめますか？」
と、メグ・モリスに聞かれて、ソフィーは、
「きょう！」
でも、お母さんは、
「クリスマスのあとよ」
「どっちにしろ、すぐに予約《よやく》は入れられないわ、ソフィー。かなり混《こ》んでいる
のよ。スケジュール表《ひょう》を見てみましょう」
メグ・モリスが言いました。
古い馬小屋《ごや》にはいっていくと、そこは、事務所《じむしょ》になっていました。
「ええと、今年のクリスマスは土曜日で、つぎの土曜が新年の一月一日《ついたち》。ちょ
うどこの日から、新しいグループ指導《しどう》をはじめるところよ。一回の定員《ていいん》は五人

で、もう、小さい女の子が四人まではいってるわ。ちょうど五人めにソフィーを入れられるけど、いかが？　一月一日《ついたち》の土曜日、午前十時では？」

「けっこうです。では、よろしくおねがいします」

と、お母さんが言いました。

「ドリー、バイバイ。もう、行かなくちゃ」

ソフィーは、もう一度《いちど》ミケネコをなでて、わかれをおしみました。

「この子、よくネズミをとってくれるのよ。あなたにいくらはらったのか、おぼえていないけど、はらう価値《かち》はじゅうぶんあったわね」

メグ・モリスにそう言われて、ソフィーは、

「五ポンド。あっ、そうだ」

そう言いながら、ポケットをさぐって、スポンサーウォークでお母さんからもらった一ポンドコインをとりだしました。

「馬《ば》フンを売ってもらえますか？」

「ええ。馬場《ばば》のむこうに、ふくろに入れて置《お》いてあるわ」

「ひとふくろ、ほしいんですけど、お母さんのバラの肥料《ひりょう》に。いくらですか？」

ソフィーが聞くと、背《せ》の高いメグ・モリスは言いました。

「ソフィー、あなたには、ただでさしあげるわ。ドリーとあたしからのプレゼントよ」

「ありがとう。カンシャカンペキです」

そう言って、ソフィーは馬《ば》フンをとりに、すたすた歩いていきました。

「カンシャカンゲキって、言ったつもりなんです」

お母さんが言いなおすと、

「わかりますとも」

と、メグ・モリス。

家に帰る車の中で、お母さんが言いました。

「馬《ば》フンのこと、ありがとう。うれしかったわ」

「なんてことないよ」

ソフィーは、後ろのシートにのせた馬《ば》フンのふくろを見て、まんぞくそうに言いました。

「あーあ、くさくて、いいにおい！　くらくらする」

ソフィーの遠足

ソフィーの教室に一歩、足をふみいれれば、だれだって、このクラスが今、なんの勉強《べんきょう》をしているか、いやでもわかるでしょう。

教室のかべには、ありとあらゆる牧場《ぼくじょう》かんけいの絵がはってあります。ソフィーがかいた、ぶかっこうなメウシの絵。アンドリューがかいた、大きなトラクターの絵。ほかにも、イギリスの牧場《ぼくじょう》で見られるような動物《どうぶつ》は、なんでもいます。なかには、首をかしげるような動物《どうぶつ》の絵もあります。たとえばシマウマや、シロクマ。

そのほか、牛小屋《ごや》、トウモロコシ畑《ばたけ》、干《ほ》し草の山、ニワトリ小屋《ごや》、アヒルの池、納屋《なや》の絵、それから牧場《ぼくじょう》の生活についての作文が、たくさんあります。詩《し》もいくつかあります。これは、ソフィーが書いたもの。あきかんや、あきびん、古タイヤ、画面《がめん》がはれつしてこわれたテレビなどが山づみになった絵の下に、こんな詩《し》が書いてあります。

ぼくじょうでは
ゴミをちらかさない
ポイポイなげない
あきかんやあきびんは
ごみばこにいれる
もうひとつぼくじょうでだいじなのは
さくのとをきちんとしめる
そうしないと
どうぶつがにげる
犬はちゃんとつなぐ

そうしないと
ヒツジをかみころす
うろつく犬は
ぼくじょうマンがズドン
しんにゅうしゃはばっきん

詩《し》の下には、もうひとつ絵がかいてあります。銃口《じゅうこう》からけむりの上がっている銃《じゅう》を手にして、立つ男。体《からだ》じゅうに赤いしみがひろがっている、白いヒツジ。まさしく殺《ころ》されて、ひっくりかえっている犬。

「とてもいい詩《し》だわ、ソフィー」

先生が言いました。

「そうでしょ」

と、ソフィー。

「とてもじょうずに書けてるわ」

「そうでしょ」

「でも、よその犬を、こんなふうに撃《う》ってしまって、いいのかしら？　あなたが、その……牧場《ぼくじょう》マンになったときのことだけど」

「〈女牧場《ぼくじょう》マン〉。あたしは撃《う》たないよ」

「なぜかしら？」

「〈女牧場《ぼくじょう》マン〉は、銃《じゅう》を持《も》たないからね」

「もし、持《も》ったとしたら？」

「あたしは、犬は撃《う》たないよ」

「それは、いけないことだからよね？」

「ちがう。あたしは、ヒツジは飼《か》わないから」

「わたし、どうしても、ソフィーにはかないません」

たんにんの先生が、校長先生に言いました。

「そうでしょうとも。牧場《ぼくじょう》の勉強《べんきょう》は、どう？」

「とてもうまく進《すす》んでいます。わたしがまちがえても、すぐにソフィーがなおしてくれますから。そうでなければ、アンドリューが」

「そういえば、あした、生徒《せいと》を連《つ》れて牧場《ぼくじょう》へ行くんだったわね？」

「そうです」

「気をつけてね」


先生は、バスが来る前に、ぜんいんの生徒《せいと》が長ぐつをはいているかどうかをたしかめました。牧場《ぼくじょう》では、どろんこになるからです。ジャンパーを着《き》ているかどうかも、たしかめました。雨がふりそうだったからです。それから、みんながべんとうを持《も》ってきているかどうかも、たしかめました。そして、バスの中でべんとう箱《ばこ》をあけてはいけない、と言いました。

「みなさんは、朝ごはんを食べたばかりですね。だから、お昼まで、がまんできるでしょう？」

バスに乗《の》った子どもたちは、まんなかの通路《つうろ》をはさんで両《りょう》がわに、ふたりずつ組になって、すわりました。アンドリューは、ソフィーのとなりにすわりました。ソフィーがアンドリューに、そうするように言ったからです。

通路《つうろ》のはんたいがわでは、ずんぐり太ったダンカンが、すらっとやせたドーンのとなりに、ドスンとこしかけました。ドーンの両親《りょうしん》は、むすめをあまやかして、いつでも、おかしをたくさん買って持《も》たせます。食いしんぼうのダンカンは、ドーンのポケットの中におかしがいっぱいありそうだと、目をつけています。ダンカンは、自分のべんとうが少ないのじゃないかとしんぱいで、ないしょで、ジャンパーのポケットに、チョコビスケットをひとふくろ、かくして持《も》ってきました。

バスが郊外《こうがい》を走っていくと、子どもたちは、まどの外を見て、つぎつぎに声をあげました。

「ほら見て、牛だよ！」

「あっ、トラクター！」

でも、〈女牧場《ぼくじょう》マン〉のたまごのソフィーと、牧場《ぼくじょう》の家の子のアンドリューには、それだけでは、ものたりません。ふたりは、ひとつひとつ、説明《せつめい》をつけくわえました。「あの牛は、フリージャン種《しゅ》だね」、「ジョン・ディア社のトラクターだ」というぐあいです。

ダンカンだけは、外のけしきに、少しも気をとられませんでした。ドーンにおかしをせびって食べるあいまに、だまりこくって、自分のチョコビスケットを口につめこんでいました。先生は、いちばん後ろの席《せき》に、てつだいのお母さんたちとならんですわっていたので、ダンカンのことに、ぜんぜん気づきませんでした。

ソフィーは、気がついていました。ソフィーは、アンドリューをひじでつつき、ダンカンを指《ゆび》さして、言いました。

「あの子、気持《きも》ちわるくなるよ」

アンドリューは、こっくり、うなずきました。

やがて、バスのゆれと、おかしとビスケットの食べすぎがかさなって、じわじわとダンカンをせめたてはじめました。ダンカンは、まっ青《さお》な顔になり、もぞもぞしだしました。

「そろそろ、はくよ」

と、ソフィー。

アンドリューは、こっくり、うなずきました。

とうとう、ダンカンがへんな声を出したかと思うと、ドーンがひめいをあげました。

「あーあ、やっちゃった」

と、ソフィー。

「こりゃ、ひどいや！」

と、アンドリュー。

「いったい、なんのさわぎです？」

先生が、後ろから声をかけました。

「ダンカンが、ドーンの上にはいちゃった」

と、ソフィー。

先生は、バス遠足になれているので、バケツとぞうきん、ペーパータオルを持《も》ってきていました。それを持《も》って、通路《つうろ》をいそいでやってきました。

「へいき、へいき。ドーンの長ぐつの上だから」

ソフィーが教えました。

「買ったばっかりの長ぐつなのにぃ！」

ドーンが、泣《な》き声を出しました。たしかに、ぴかぴかの新品《しんぴん》。おそろしくあざやかなピンク色の長ぐつです。

先生は、青白い顔をしたダンカンを見て、話しかけました。

「おべんとう箱《ばこ》をあけたの？」

すると、ダンカンは首をよこにふって、しょうじきに言いました。

「あけてない」

よごしたもののあとしまつをしてから、先生は、ダンカンのべんとう箱《ばこ》をしらべました。たしかに、ぎっしりつまっています。

「ドーン。ダンカンに、何かあげたの？」

先生に聞かれて、ドーンは首をふり、うそをつきました。

「あげてません」

先生は、通路《つうろ》をはさんだ席《せき》のソフィーに聞きました。

「ダンカンが何か食べているのを、見た？」

ソフィーは、うそをつくのがだいきらいです。

「見た」

「ドーンが、ダンカンに、何かをあげたの？」

ソフィーは、つげぐちも、だいきらいです。だから、何も言わず、だまりこみました。

「どうなの、アンドリュー？」

「そうだよ。ドーンがダンカンにおかしをあげて、ダンカンはチョコビスケットも食べてたの。それなのに、ぼくたちには、ひとつもくれなかったんだよ。おかしも、ビスケットもね。あいつら、けちで、がっつきだよ」

そこで、ソフィーがひとこと。

「げげっとなるぐらいね」

ソフィーのクラスがたずねた牧場《ぼくじょう》は、校外学習《がくしゅう》のために、あちこちの学校の生徒《せいと》がよく来る牧場《ぼくじょう》です。牧場《ぼくじょう》のおくさんが、みんなをあんないするために、待《ま》っていてくれました。

牧場《ぼくじょう》のおくさんは、まず、生徒《せいと》のひとりひとりに、トウモロコシのいっぱいはいった紙ぶくろをくばりました。そこらじゅうにいるニワトリやアヒル、ガチョウたちにやるエサです。子ブタもたくさんいて、牧場《ぼくじょう》の庭《にわ》を、すきなように歩きまわっています。

生徒《せいと》たちのすがたを見ると、ニワトリも、アヒルも、ガチョウも、子ブタも、みんな、いそいでこちらへおしよせてきました。遠くのハト小屋《ごや》からも、ごちそうにあずかろうと、たくさんのハトたちが、白い雲のようになって、こちらへバタバタと、とんできました。

鳥たちが、足をつついたり、手からエサを食べたりしようとするので、みんなは「キャー！」とか「ワー！」とか、さけび声をあげて、大よろこびでした。そのうちの何人か、とくにドーンのような子は、大きな鳥を、少しこわがっているようでした。白いオスのガチョウなどは、羽をばたつかせ、長い首をのばして、シュッシュッと音をたてながら、むかってきます。

顔色もよくなって、またおなかがすいてきたダンカンは、鳥のエサのトウモロコシを少しかじってみましたが、あんまりおいしくないので、やめました。

ソフィーが、ガチョウをこわがるはずがありません。オスのガチョウのまん前に、とことこ出ていって、立ちはだかりました。そして、両手《りょうて》を腰《こし》にあてて、ひじをぱたぱたさせ、みじかい首をのばして、シュッシュッという声を出して、はんたいにガチョウを、おどかしたのです。おどろいたガチョウは、大きな声でガーガー鳴きながら、メスたちを連《つ》れて、すごすごとむこうへ行ってしまいました。

そばで見ていた牧場《ぼくじょう》のおくさんが、先生に言いました。

「おやおや。この子は、動物《どうぶつ》をこわがらないんだね」

ソフィーは、ずっとむかしアルおばさんが言ったことを、おぼえていたのです。ソフィーが、ハサミムシをつかむのに、びくびくしていたときに、おばさんが言ったことば。それを、そのまま言いました。

「牧場《ぼくじょう》をやろうと思ったら、生きものをこわがってはだめだからね」

「ああ、牧場《ぼくじょう》をね。そうかね。きつい仕事《しごと》だよ」

牧場《ぼくじょう》のおくさんが、ソフィーに言いました。

「へいき、へいき」

と、ソフィー。

「とんでもなく早起《はやお》きしないと、いけないんだ」

「早起《はやお》き、だいすき」

「どんなにひどいお天気でも、外に出て、はたらくしね」

「だいじょうぶ」

「きたない仕事《しごと》だよ。動物《どうぶつ》のフンそうじがあるからね」

「フンそうじ、だいすき。毎日、うちのウサギのビーノの小屋《こや》をそうじして、フンを山にしておくの。植木《うえき》の肥料《ひりょう》にいいんだって。カイヒにするの」

「〝堆肥《たいひ》〟ね」

先生が言いなおしました。

「ともかく、あたし、フンのにおいがだいすき。牛のも、ブタのもすき。でも、いちばんすきなのは、ポニーと馬のフン」

「ああ、それなら、ちょうどいい。牛とブタと馬とポニーを見てもらおうと思って、じゅんびしてるからね。ほかにも、いろいろいるよ。すきなだけ、においをかいどくれ」


ソフィーは、ごきげんな半日をすごしました。その牧場《ぼくじょう》には、ふつうの品《ひん》種《しゅ》のほかに、めずらしい品種《ひんしゅ》の動物《どうぶつ》がいくつもいました。こんな動物《どうぶつ》たちを、しょうらい自分の牧場《ぼくじょう》で飼《か》うことができたら、どんなにすてきでしょう。

ハナコと、エイプリルとメイ、チビ、ハシカのほかに、ロングホーン種《しゅ》のメウシは、ぜったい飼《か》うことにしよう。だって、角《つの》が長くてみごとだもの。それから、デクスター種《しゅ》のメウシも。これは足がすごくみじかいから。あとは、頭に羽根《はね》のぼうしをかぶったようなポーランド種《しゅ》のメンドリ。ファラベラ種《しゅ》という小型《こがた》の馬。クシャクシャッとつぶれたような顔をしたブタの、ミドル・ホワイト種《しゅ》。

「あたしの牧場《ぼくじょう》、もっと大きくすることにするよ」

ソフィーは、アンドリューに、そう宣言《せんげん》しました。

お昼には、大きな古い納屋《なや》の中で、昼ごはんを食べました。みんな、おなかがすいていたので、もりもり食べました。でも、ダンカンの食べっぷりには、だれもかないません。体《からだ》の大きさは、ほかの子の半分ぐらいしかないのに、持《も》ってきたべんとう箱《ばこ》は、みんなの二倍《ばい》ぐらいあるのですから。

お昼のあとには、牧場《ぼくじょう》のご主人《しゅじん》が、馬車用の馬を連《つ》れてきました。名前はヘンリー八世《せい》。大きな黒馬で、たくましい足にはモジャモジャした毛があり、ひづめはスープ皿《ざら》ほどの大きさがありました。ヘンリー八世《せい》は、小石をしいた道を、ものすごく大きな四輪《よんりん》馬車を、ゴロゴロと引いてきていました。赤、白、青のペンキでぬりわけられたその馬車は、〝王さまの箱舟号《はこぶねごう》〟という名前だと、ご主人《しゅじん》が教えてくれました。

やがて、生徒《せいと》たちぜんいんが〝王さまの箱舟号《はこぶねごう》〟に乗《の》りこみ、ふたりずつならんでこしかけると、牧場一周《ぼくじょういっしゅう》見学に出発《しゅっぱつ》しました。ソフィーは、馬車のいちばん前、ヘンリー八世《せい》の大きなおしりのすぐ後ろの席《せき》に、すわりました。

そして、なんてきれいで、たくましい馬なんだろうと、うっとり見とれていました。こんな馬を、しょうらい自分の牧場《ぼくじょう》で飼《か》えたら、どんなにすてきでしょう。

牧場《ぼくじょう》をちょうどひとまわりして帰るころに、雨がふりだしました。そのうちにザアザアぶりになってきたので、子どもたちは、いそいで〝王さまの箱舟号《はこぶねごう》〟からおりて、庭《にわ》をかけぬけ、バスにとびこんでいきました。みんなをむかえに来たバスが、牧場《ぼくじょう》の入り口にとまっていたのです。

ぶじにバスに乗《の》りこんだ先生は、生徒《せいと》がぜんいん乗《の》ったかどうか、かぞえながら、通路《つうろ》を歩いていきました。

ドーンとダンカンがならんでいる席《せき》まで来て、通路《つうろ》のはんたいがわを見ると、アンドリューがひとりですわっているではありませんか。

「ソフィーはどこ？」

先生は、アンドリューに聞きました。アンドリューは、親指《おやゆび》をひょいと上げて、まどの外にむけ、

「ヘンリー八世《せい》と、さよならしてる」

まどから外を見ると、ちっぽけなソフィーが、どしゃぶりの雨の中に突《つ》っ立って、大きな黒い馬の、ビロードのような鼻《はな》づらをなでているところでした。

先生は、バスのドアまで行って、ソフィーによびかけました。

「ソフィー！　早く乗《の》りなさい！」

そこへ、ドーンが、べそをかきながら言いだしました。

「先生、おねがいです！　わたし、ダンカンのとなりは、いやなの。また、はくかもしれないから」

「それじゃ、ダンカン、アンドリューのとなりに行きなさい。さあ、ソフィーったら！　いそいで！」

もしもそのとき、ソフィーがいそがなければ……もしも、地面《じめん》いちめんがニワトリや、アヒルや、ガチョウや、子ブタのフンだらけでなかったら……もしも、雨がふったせいで、どろとフンと雨水がぐちゃぐちゃにまざって、どろどろの、ひどいにおいのするスープのようになっていなければ……あんな悲劇《ひげき》は起《お》こらなかったのに……。

ソフィーは、足をすべらせて、みごとにバッシャーン!!

「だいじょうぶ？　ソフィー？」

ようやくバスに乗《の》りこんだ〈女牧場《ぼくじょう》マン〉のたまごに、先生が、しんぱいそうに声をかけました。

「ちょっと、よごれた」

そう言って、ソフィーは、両《りょう》てのひらを見せました。どろ水と動物《どうぶつ》のフンが、べったりです。着《き》ている服《ふく》も、どろどろ。顔にも、しぶきがとんでいます。

「それから、ちょっと、くさい」

「くっせーっ！」

自分の席《せき》につこうとしてソフィーが通ると、クラスのみんなは、ひめいをあげました。ところが、ソフィーの席《せき》がありません。

「ソフィーは、ドーンのとなりにすわって」

先生がよびかけました。

こわごわ見上げるドーンにむかって、ソフィーはにっこり声をかけました。

「よろしくね」

ハメルンの笛《ふえ》ふき

ソフィーの部屋《へや》のかべに、カレンダーがはってあります。カレンダーの絵は、むかしながらの牧場《ぼくじょう》のふうけい。ワラ屋根《やね》の家、干《ほ》し草の山、アヒルの池、荷《に》馬車を引く、ヘンリー八世《せい》そっくりの馬。馬車の上には、仕事着《しごとぎ》を着た少年のすがた。

絵の下には、こんな文句《もんく》がいんさつしてあります。

たがやせ、たがやせ、種《たね》をまけ
刈《か》りとれ、刈《か》りとれ、刈《か》り入れだ
仕事《しごと》に精《せい》出せ、牧場《ぼくじょう》の少年

ソフィーは、さいごの「牧場《ぼくじょう》の少年」に×をつけて、そのかわりに〈女牧《ぼく》場《じょう》マン〉と書きました。日にちの上にも、一日がおわるごとに×をつけていきます。

ソフィーは、カレンダーに大きく赤で丸をつけたふたつの日が、待《ま》ちどおしくてなりません。ひとつは、もちろんクリスマスの日（と、ソフィーのたんじょう日）。ふたつめは、一月一日《ついたち》。クローバー乗馬《じょうば》スクールで、乗馬《じょうば》のレッスンをはじめる日です。

牧場《ぼくじょう》の勉強《べんきょう》はおわり、学校では、学芸会《がくげいかい》のじゅんびがはじまりました。去年《きょねん》の学芸会《がくげいかい》では、マークとマシューは、『ふしぎの国のアリス』と『鏡《かがみ》の国のアリス』をいっしょにした劇《げき》の、ふたごのダムとディーの役《やく》をやりました。ソフィーは、〝セーショ〟の劇《げき》の、ソノタオオゼイの役《やく》になりました。

お父さんが、うっかり、その他《た》おおぜいのせりふなら、むかしから「ワイワイガヤガヤ」に決《き》まってる、と言ったので、練習《れんしゅう》のとき、たいへんなことになりました。生まれたばかりのイエスさまに賢者《けんじゃ》たちが贈《おく》りものをする場面《ばめん》で、みんながシーンとしているのに、ソフィーが大きな声で、「ワイワイガヤガヤ、ワイワイガヤガヤ」と言ったからです。

今年の中学年の劇《げき》は『オズの魔法使《まほうつか》い』に決《き》まり、ふたごのお兄ちゃんたちは、マンチキンの役《やく》になりました。

低学年《ていがくねん》は、『ハメルンの笛《ふえ》ふき』のお話をもとにした劇《げき》をすることになりました。この劇《げき》には、登場人物《とうじょうじんぶつ》がたくさんいます。まず笛《ふえ》ふき男、それから市長、市議会議員《しぎかいぎいん》たち、町の人々、子どもたち、そしてたくさんのネズミ。

ソフィーは、ネズミの役《やく》でした。

ソフィーは泣《な》き言《ごと》がきらいなので、家では何も言いませんでした。でも、ほんとうは、もっといい役《やく》じゃなくて、がっかりでした。ネズミ役《やく》なんて、その他《た》おおぜいと同じか、それよりずっとつまらない。ネズミのせりふといったら、チューチュー鳴くだけだもの。

ソフィーは、笛《ふえ》ふき男をやりたいと思っていました。赤と黄色のすてきな衣《い》装《しょう》を着《き》て、「さあ、おいで、おいで、おいで」と笛《ふえ》をふいて、さいしょはネズミたち、それから子どもたちの先頭に立って歩きたいなあ。

じつは、先生ははじめ、笛《ふえ》ふき男の役《やく》を、ソフィーにやってもらおうと考えました。ソフィーは、リコーダーをふくのがとてもじょうずでしたから。けれど、先生が知っている笛《ふえ》ふき男といえば、男だし、やせて、のっぽ。ソフィーには、どれひとつとして当てはまりません。それで先生は、笛《ふえ》ふきの役《やく》を、やせて、のっぽで、リコーダーがふける男子の、ジャスティンに決《き》めました。

ところが、学芸会《がくげいかい》の二日前のこと、運命《うんめい》のいたずらがジャスティンをおそい、木から落《お》ちて、うでの骨《ほね》をおってしまったのです。ひどいけがではなかったのですが、かた手にギブスをはめていては、リコーダーがふけません。

先生は、大あわてで、リコーダーのふける子をあつめて、オーディションをしました。もちろんソフィーも、そのなかにはいっています。ソフィーが、「さあ、おいで、おいで、おいで」を、ジャスティンと同じぐらいじょうずにふけるだけでなく、ほかの子とちがって、笛《ふえ》ふき男のせりふをステラ言えたので、先生は、びっくりしました。

たんにんの先生は、校長先生に、こう話しました。

「それに、あの子は、せりふを、大きな声ではっきり言えますからね。ソフィーは、演技《えんぎ》がうまいわけではありません。でも、あの子が『この町のネズミをたいじしてごらんにいれる』と言うと、こちらまで、まかせようっていう気持《きも》ちになってしまうから、ふしぎです。それから、市長と議員《ぎいん》たちにつめよって、千ギルダーの報酬《ほうしゅう》を請求《せいきゅう》する場面《ばめん》では、だれだって、ことわりきれないような迫力《はくりょく》がありますよ」

オーディションのあと、家に帰って、ソフィーはみんなに言いました。

「うちのクラスの劇《げき》、知ってるでしょ」

「ええ」

と、お母さん。

「『ハメルンの笛《ふえ》ふき』だろ？」

と、お父さん。

「ソフィーは、ネズミだよ！」

と、ふたごのマンチキンたちが、くすくすわらいながら言いました。

ソフィーは、お兄ちゃんたちに「ワカランチンのアンポンタンの……」と言いたいのを、ぐっとこらえました。そのかわり、もったいぶって、こう言いました。

「ジツワ、あたしは、もう、ネズミでは、ありません」

するると、

「ふくろにつめられて、すてられたのかい？」

マークが言って、

「チューチュー鳴けなくなったのかい？」

マシューも言いました。

「ちがうよ。ダイギャクがヒツヨウになったの」

「〝代役《だいやく》〟よ。だれの？」

「あのね、ジャスティンがうでをおって、できなくなったから、オークションをやったんだよ」

「〝オーディション〟だろ」

と、お父さん。

「笛《ふえ》ふき男の？」

マシューが聞きました。

「そう」

「それで、だれになったの？」

マークが聞きました。

「あたしだよ。あたしが、ハメルンの笛《ふえ》ふき男なの」

みんなは、おどろいて、まじまじとソフィーを見つめました。背《せ》がひくく、ずんぐりとして、黒い髪《かみ》の毛は、まるで「今、しげみをおしりからくぐってきたところ」というようにモジャモジャ。小さいながら、一度決《いちどき》めたらやりぬく女の子の、ソフィー。

お父さんが、しみじみ言いました。

「たしかに、その役《やく》をうまくやれる子は、おまえしかいないだろうな」

「よかったわね。お母さんも、うれしいわ」

ふたごのお兄ちゃんたちさえ、声をそろえてほめました。

「すごいぞ、ソフィー!」

「ありがとう。きっと、うまくやるよ」

と、ソフィーが言いました。

そして、そのとおりになりました。

『オズの魔法使《まほうつか》い』の劇《げき》は、じょうずにできました。もっとも、ほかのマンチキンよりはしゃぎすぎて、やけにうるさくて目立つマンチキンが、ふたりいましたが。

『ハメルンの笛《ふえ》ふき』は、だれもがほめるぐらい、すばらしいできばえでした。〝黄色と赤の二色もよう。長いすそ引くきみょうな服《ふく》〟(ジャスティン用につくったので、少し長すぎましたが)を着《き》たソフィーが、とことこ舞台《ぶたい》に登場《とうじょう》したとたん、だれもが、この小さいけれど、何ごともやりぬく笛《ふえ》ふきのあとを、どこまでもついていかなければならないような気持《きも》ちにさせられました。

笛《ふえ》ふきは、舞台《ぶたい》からおりて、客席《きゃくせき》のあいだをぬい、ホールじゅうを歩きつづけました。その後ろを、はじめはネズミのたいぐんが、チューチュー言いながら追《お》いかけ、つぎにはハメルンの子どもたちが、おどりながら、ついてまわりました。そのあいだじゅう、ソフィーは、「さあ、おいで、おいで、おいで……」のメロディーを、力いっぱい、ふきつづけていました。何度《なんど》も、何度《なんど》も、くりかえして。

ソフィーは、せりふをひとつもまちがえませんでした。けれど、一度《いちど》だけ、長すぎる服《ふく》のすそをふんで、つまずいたことがありました。それから、おわりに近くなって、息《いき》が切れたこともありました。

劇《げき》がおわったとき、客席《きゃくせき》からは、大きな拍手《はくしゅ》がわきあがりました。

まず、市長（服《ふく》の中にクッションをつめて、おなかをふくらませたアンドリュー）が、舞台《ぶたい》のまんなかに出て、おじぎをしました。つぎに、議員《ぎいん》たち。それから、町の人々、子どもたち（金髪《きんぱつ》をきれいにゆって緑色《みどり》のリボンをむすんだ、背《せ》の高い女の子もいました）、それから、ネズミたち（大きなチーズをまるごとひとりでたいらげそうな、見るからに食いしんぼうの、小さくて太ったネズミも一ぴきまじっていました）。

けれども、いちばん大きな拍手《はくしゅ》をもらったのは、さいごに出てきた笛《ふえ》ふき男でした。

「さあ、ソフィー。ぼうしをぬいで、おじぎをするのよ」

舞台のそでで、ソフィーの背中《せなか》をおしながら、先生がソフィーの耳にささやきました。

ソフィーは、赤と黄色のとんがりぼうしをとり、深々《ふかぶか》と、おじぎをしました。あんまり深《ふか》すぎて、あやうく、でんぐりがえしをしそうになりました。

その晩《ばん》、ソフィーは、さいこうにしあわせな気分で、ベッドにはいりました。「ソフィー。よくやったわ」と、先生にほめられ、「ソフィー、すばらしかったわ」と、校長先生からもほめられたのです。

家に帰ってからも、お母さんとお父さんが、「ソフィーはきょうの学芸会《がくげいかい》の、いちばんのスターだった」とほめてくれたし、マンチキンから人間にもどったお兄ちゃんたちも、「ソフィーはサイコーだった」と言ってくれました。

ソフィーは、ニヤニヤした顔のままで、ねむりにつきました。


つぎの朝、目をさますと、まず、カレンダーのきのうの日付《ひづけ》に×をつけました。クリスマスとたんじょう日まで、もう、あと何日もありません。

ソフィーは、またベッドにもどって、トムボーイに話しかけました。黒ネコのトムボーイは、いつものように、ソフィーのふとんカバーの上で寝《ね》ています。

「ねえ、知ってる？　あたし、もうすぐ七才になるんだよ」

「ニャーニャ・シャーイ？」

トムボーイは、おどろいたように、そう言いました。ともかく、ソフィーには、そう聞こえました。

「そう。もう、ほとんど七才になってるんだ。今まで、何年ものあいだ、六才だったけどね」

「ソォーン・ニャー！」

と、トムボーイ。

「ごめん、ごめん。ほんとは一年だよ。でも、何年もかかったみたいな気がするんだもん」

ソフィーは、トムボーイの耳のつけねをかいてやって、大よろこびさせました。

トムボーイの、つやつやした、黒い背中《せなか》を見ているうちに、トムボーイの子どものオリーのことを思い出しました。オリーも、お母さんに似《に》て、まっ黒です。そして、オリーのことを考えたら、それにつづいて、アルおばさんのことを考えずにいられませんでした。オリーの飼《か》い主《ぬし》です。

「乗馬《じょうば》のレッスンをはじめるとき、アルおばさんがこっちに来て、見てくれたら、すてきだと思わない？　だって、おばさんがレッスン料《りょう》を出してくれるんだもん。でも、おばさんの家は、遠すぎるよね。高い山のてっぺんなんてさ。

きっと、さびしくなるときだってあるよね。いっしょにいるのは、黒ネコだけだもの」

「ミィー？」

と、トムボーイ。

「ああ、おまえじゃなくて、オリーのことだよ」

ソフィーは、ためいきをひとつ、つきました。

「アルおばさんが、うちに泊《と》まりに来てくれたらなあ。でも、そううまく、ねがいがかなうはずないか」

やがて、ソフィーは、鼻《はな》の頭をこすりはじめました。

「ねえ、トムボーイ。おまえ、知ってる？　黒ネコは、幸運《こううん》のしるしなんだってさ。でも、右がわから近づいてきたときだけね。ちょっと、やってみようか」

そう言って、ソフィーは、トムボーイをだきあげて、ベッドから床《ゆか》に落《お》としました。自分の右がわに。

トムボーイは、のびをしました。それから、背中《せなか》をまるめてカーペットをひっかくと、ピョンととびあがって、ベッドにもどりました。右がわから。

おまじないのききめをもっと強力にするために、ソフィーは、人さし指《ゆび》と中指《ゆび》をかさねました。右手も左手も、両方《りょうほう》とも。

「アルおばさんが、うちに泊《と》まりに来てくれますように」

ソフィーは、強く、そうねがいました。


朝ごはんのテーブルで、ソフィーは、チョコレート味《あじ》のコーンフレークのココ・ポップスを食べています。シッコは、その足もとにすわって、ソフィーがおいしいものを落《お》としてくれるのを、待《ま》ちどおしそうに見上げています。

マシューとマークは、いつものように、すごいスピードで、朝ごはんをガツガツと飲《の》みこむようにたいらげて、とびだしていきました。

お父さんは、新聞《しんぶん》を読んでいます。お母さんは、手紙をあけています。

お母さんは、手紙に目をとおすと、しずかにお父さんに話しかけました。

「だれかさんからよ」

「あ、そう。来るって？」

お父さんが、新聞《しんぶん》のかげから聞きました。

「ええ」

「クリスマス？」

「いいえ。ホグマネイからですって。一週間ぐらい」

ソフィーは、かんでいたココ・ポップスをいそいで飲《の》みこみました。

「ホグマネイって、何？」

「おおみそかのことよ。スコットランドでは、そう言うの」

スコットランドに住《す》んでる人なら、ひとり知ってるけど。ソフィーは、考えこみました。口に入れようとしたスプーンが、止まりました。スプーンがかたむいて、なかみが床《ゆか》にこぼれましたが、シッコがきれいに食べました。

「だれかさんって、だれ？」

ソフィーが聞くと、お父さんが新聞《しんぶん》をおろして、お母さんのほうを見ました。

ふたりは、にこにこして、

「当ててごらん」

「アルおばさん？」

ソフィーが、そっと言いました。

「当たり！」

「うちに泊《と》まりに来るの？」

「そうよ。十二月三十一日のおおみそかにね」

ソフィーは、こんどは大声を出しました。

「わあい！　トムボーイ、うまくやったね!!」

アルおばさんのムチ

クリスマスがやってきて、やがて、おわりました。ソフィーは、みんなから いつものように、ふたつずつプレゼントをもらいました。ひとつは〝メリー・クリスマス〟で、もうひとつは〝ハッピー・バースデイ〟のプレゼントです。ソフィーも、家族《かぞく》のみんなにプレゼントを考えました。牧場《ぼくじょう》ちょきんに手をつけて、それぞれに、ぴったりの贈《おく》りものを買ったのです。

お父さんには、大きな箱《はこ》にはいったマッチ。パイプに火をつけるのに、しょっちゅう、さがしているからでした。

お母さんには、ライフブイじるしのデオドラントせっけん。

「お母さんがくさいから、きれいにあらえっていうことじゃないよ。ふだん使《つか》ってるせっけんより、いいにおいがするから」

ふたごのお兄ちゃんたちには、いつもどおり、おかし。トムボーイには、魚屋《や》さんで買ったタラをひと切れ。「これは、黒ダラっていう魚だよ」と、魚屋《や》のおじさんに教わったソフィーは、「いいねぇ。黒ネコにぴったりだ」。

シッコには、肉屋《にくや》さんで買った、大きな骨《ほね》を一本。

ビーノには、八百屋《やおや》さんで売ってたなかで、いちばん大きなニンジンを一本。

ソフィーがまだプレゼントを買っていない人が、たったひとり、います。その人は、ソフィーにいちばん大きな、いちばん高価《こうか》なプレゼントをくれます。そう、本式《ほんしき》の乗馬《じょうば》を身《み》につけられるだけのレッスン料《りょう》です。

こんなにすごいプレゼントのお返《かえ》しには、どんなものをあげたらいいんだろう？　アルおばさんには、いったい何をえらぼうか？

クリスマスのあと、ソフィーは、お母さんにそうだんしてみました。お母さんは、しばらく考えてから、

「そうねえ、アルおばさんには、売っているものじゃなくて、あなたがつくったものがいいと思うわ。アルおばさんのために、あなたが心をこめてつくる贈《おく》りもの」

「あたし、なんにもつくれないよ。そういうの、とくいじゃないから」

「詩《し》を書いたらどうかしら？　学校で牧場《ぼくじょう》の勉強《べんきょう》をやったときに、すてきな詩《し》を書いたじゃない。先生から見せてもらったわ。こんどは、アルおばさんのために、詩《し》を書くのよ」

「何を書けばいい？」

「そうねぇ。クリスマスカードみたいに絵をかいて、そこに詩《し》も書いたら？」

「でも、クリスマスは、すぎちゃったよ」

「ああ、それなら、ニューイヤーカードね」

「オッケー。書いてみるよ」

ソフィーは、絵を先にかくことにしました。さんざん考えて、黒ネコの絵をかきました。ネコの絵はかきやすいし、色も黒のフェルトペンでぬればいいから、かんたんです。もちろん、右から左へ歩いているところをかきました。絵の下には、〝オリー〟と名前を入れました。

詩《し》を書くのは、ずいぶん時間がかかりましたが、ソフィーは、根気《こんき》よく、さいごまでやりぬきました。ときどき、お母さんとお父さんに、こう聞きながら。

「スコットランドと合うことばは？」とか、「高地ってどう書くの？」とか、「アルおばさんは、こんど何才になるの？」などと。

そうして、アルおばさんがとうちゃくする前の日に、ようやくできあがりました。

十二月三十一日の朝早く、お父さんが、アルおばさんをむかえに、駅《えき》まで行くことになりました。

「おばさんの列車《れっしゃ》は、九時につくからね」

それを聞いて、ソフィーは、びっくり。

「えっ？　おばさんの家からここまで、千キロもあるって言ってたよね。きょうの朝出て、もうつくなんて、世界一《せかい》速《はや》い超特急《ちょうとっきゅう》なんだ！」

「いやいや、十時間かかってる。寝台車《しんだいしゃ》だよ。おばさん、よくねむれてればいいんだけど」

ソフィーの家についたとき、アルおばさんは、ヒナギクのようにさわやかなようすでした。ソフィーは、まわりにだれもいなくなるのを待《ま》ってから、〝とくべつプレゼント〟をとりだしました。

「おばさんのためにつくったの。ずいぶん時間がかかったけど」

アルおばさんは、ほっそりと骨《ほね》ばった、鳥のかぎづめのような手で、ソフィーのカードを受《う》けとりました。そして、黒ネコの絵をじっと見つめ、その下にある詩《し》を読みました。

アルおばさんのために

だいすきなアルおばさん
おかあさんならきいたけど
ことし八十三のアルおばさん
ことしもいいことたくさんあるように
うちにたのしくときまれるように
うちはスコットランドよりあたたかい
こうちよりスコッしあたたかい
あっちはこっちよりうんとさむい
オリーのえをかきました
ドリーとオリーはきょうだい
ドリーがいるのはくろーばーじょうばすくーる

どようびに
じょうばをならいにいくところ
おばさんがぷれぜんとしてくれた
あたしはとてもうれしい
大《おお》・大《おお》おばさん大《だい》・大《だい》・大《だい》すき
小《ちい》・小《ちい》・めいより

「とてもいい詩《し》だわ、ソフィー」

アルおばさんがほめました。

「そうでしょ」

と、ソフィー。

「とてもじょうずに書けてるわ」

「そうでしょ」

「何よりうれしいプレゼントだわ。わたしのたからものにして、だいじにするわね。あ、そうそう。だいじで思い出した。こんなものを持《も》ってきたのよ」

アルおばさんは、ハンドバッグをさぐって、古びた写真《しゃしん》を一まい、とりだしました。

「ほら、ごらんなさい」

ソフィーは、手にとった写真《しゃしん》に、目をこらしました。少しぼやけて、茶色くなっていますが、ポニーにまたがった女の子の写真《しゃしん》です。

「だれだか、わかる?」

と、アルおばさん。

「わからない。知らない人」

と、ソフィー。

「うらを見てごらん」

アルおばさんに言われて、ソフィーは写真《しゃしん》をうらがえしました。そこには、うすれてはいますが、おとなが書いた、細《こま》かな、くねくねした文字で、こうありました。

フリスクに乗《の》るアリス
一九二〇年　バルナクレイグ

「アルおばさんだ！」

ソフィーが言うと、

「そうよ。九才のとき」

「フリスクって、アルおばさんのポニー？」

「そう。ずいぶんやんちゃだったけど、だいすきだったわ。世界《せかい》じゅうの何よりも」

「お母さんとお父さんよりも？」

「ああ、そうね。ちがうわ。お母さんとお父さんのつぎに、すきだった」

「あたしも、自分のポニーがほしいなあ」

「〈女牧場《ぼくじょう》マン〉になってからね。そのあとで、ポニーを飼《か》ったほうがいいと思うわ。さてさて、さいしょのレッスンは、あしたтака だったわね？」

「そう。でもね、ほんとうは、さいしょじゃないの。コーンウォールに行ったとき、少し乗馬《じょうば》をならったから」

「乗馬《じょうば》の道具《どうぐ》のことは、どのくらい知ってる？」

おばさんの質問《しつもん》に、ソフィーが答えました。

「くつわでしょ。それからたづな、鞍《くら》。それから、ポニーのおなかにつけるもの」

「腹帯《はらおび》ね。〝はみ〟っていうのは、なんだか知ってる？」

「知らない」

「馬の口の中に、かませるのよ。くつわより、きつくないわ。鞍敷《くらしき》は？」

「知らない」

「ヒツジのなめし革《がわ》でつくった、敷《し》きものよ。背中《せなか》がこすれないように、鞍《くら》の下にしくの」

「へーえ。アルおばさん、よく知ってるねえ」

ソフィーが言いました。

「わたしは、女騎手《きしゅ》だったのよ。あしたはどんなことをするのか、当ててみましょうか」

「うん」

「まず、馬場《ばば》で、ポニーに乗《の》るでしょ。そうして、ぐるぐるまわって歩くの。そうすると、馬場《ばば》のまわりに、こんな字を書いた標識《ひょうしき》が置《お》いてあるわ。A《エー》・K《ケイ》・E《イー》・H《エイチ》・C《シー》・M《エム》・B《ビー》・F《エフ》」

「それは、何？」

「先生はこんなふうに言うわ。『さあ、それではA《エー》からM《エム》へ歩きましょう』とか、『E《イー》からB《ビー》へ歩いて』とかいうぐあいにね」

「へえ。どこでもその字を使《つか》うの？」

「そうよ。それに、そのじゅんばんは、こうやっておぼえるといいって教えてくれるわ。『オ《A》ール・キ《K》ング・エ《E》ドワード・ホ《H》ース・キ《C》ャン・マ《M》ネージ・ビ《B》ッグ・フ《F》ィード、つまり、キング・エドワードの馬どもは大食らい』ってね」

「へえ。キング・エドワードって、ジャガイモのことかと思ってた」

「まあ、ソフィー。それを知ってるなら、まちがいなく〈女牧場《ぼくじょう》マン〉になれるわ」

土曜日の朝、目がさめたとたんに、ソフィーは、カレンダーの一月一日《ついたち》につけた赤丸をたしかめました。

「あけまして、おめでとう！」

黒ネコのトムボーイに、そう声をかけましたが、返事《へんじ》のかわりにあくびをしただけでした。

時計《とけい》を見ると、七時です。あと三時間待《ま》てばいい。ソフィーは着《き》がえて、かいだんをおりました。そして、シッコを庭《にわ》に出してやり、物置《ものおき》へ行ってビーノにエサをやりました。シッコとビーノにも「おめでとう」を言いましたが、シッコは、棒《ぼう》を投《な》げてくれとワンワンほえただけ。ビーノは、鼻《はな》をひくひくさせただけでした。どっちにしても、ウサギのビーノは鳴きません。

朝ごはんのときには、家族《かぞく》みんなが「おめでとう」と、あいさつを返《かえ》してくれました。

「ソフィーは、今年《ことし》、中学年になるんですよ」

と、お母さんが、アルおばさんに教えました。

「それは、すごいわ。ソフィー、さぞかし楽しみでしょうね？」

「うん。中学年になったら、ジュードーをならって、ドーンをマットに投《な》げつけるんだ」

「ドーンって、だれなの？」

アルおばさんが聞きました。

「ソフィーのクラスの女子だよ」

と、マークが言って、

「ソフィーは、その子がきらいなんだ」

と、マシューが言いました。

「どうして？」

「泣《な》きむしだから」

ソフィーは、そう答えて、時計《とけい》を見ました。

「あと一時間半しかない。もう、出かけなくちゃ」

「クローバー乗馬《じょうば》スクールまでは、車で十分《じっぷん》よ。ところで、ソフィーの乗馬《じょうば》レッスンを見たい人は？」

お母さんが聞くと、

「ぼくは、ゴルフの練習《れんしゅう》だ」

「ぼくらは、サッカーの練習《れんしゅう》だ」

と、お父さんとお兄ちゃんたちが言いました。

「アルおばさんは？」

「何をおいても、見に行きますとも。ソフィーは、乗馬《じょうば》用のぼうしを持《も》っているの？」

「いいえ。スクールのほうで用意《ようい》してくれるんです。絹《きぬ》をはった、ちゃんとした騎手《きしゅ》用のぼうしですって」

「乗馬《じょうば》ズボンは？」

「ジーンズでかまわないでしょう。なかには、乗馬《じょうば》ファッションをそろえないと気がすまない子もいるでしょうけど、ソフィーは、気にしませんから。そうでしょ、ソフィー？」

「うん。おしりがいいからね」

「たのもしいわ」

と、アルおばさん。


ソフィーが服装《ふくそう》にこだわらない子で、たすかりました。乗馬《じょうば》スクールについてみると、ほかの女の子たちはみんな、すてきな乗馬服《じょうばふく》を着《き》ていましたから。メグ・モリスがあいさつをして、ぜんいんをしょうかいしました。ソフィーを見つけて、すりよってきたネコのドリーも、しょうかいされました。

「このグループにはいる人が、もうひとり来ます。ああ、みえたわ」

車が、もう一台やってきました。おりてきたのは、ドーンのママ。それから、ドーンでした。

「げげっ」

ソフィーは、思わず声を出してしまいました。

ドーンは、ぴったりした乗馬《じょうば》ズボンに、ぴかぴかのブーツ、しゃれた乗馬《じょうば》用ジャケットの中に着《き》ているのは、絹《きぬ》のブラウス。えりもとを、金のピンでとめています。それから、小さな山高ぼうし。まるで、ファッション雑誌《ざっし》からぬけだしたように、おしゃれなかっこうをしています。それなのに、なぜかビクビクしたようすでしたが、ソフィーを見つけて、さらにビクッとしました。

ドーンのママも、ソフィーのお母さんがいるのに気がつくと、ぎょっとしたようで、おたがいに、ぎごちなくあいさつをかわしました。そのあいだに、メグ・モリスは、五人の女の子を、ポニーに引きあわせに連《つ》れていきました。

「アルおばさん。申《もう》しわけないですが、ちょっと買いものに行ってきてもいいでしょうか？　それほど時間はかかりません。ソフィーの出番までには、もどりますから」

お母さんが言うと、おばさんは、

「ええ、どうぞ」

アルおばさんが見ていると、五人の女の子たちが、それぞれポニーを引いてもどってきました。メグ・モリスは、ひとりずつに、腹帯《はらおび》のしめかたを教え、あぶみをおろし、ポニーに乗《の》せました。五人のうち四人は、うれしそうに鞍《くら》にまたがりましたが、ドーンだけはぐずぐずして、鞍《くら》の上でも落《お》ちつかず、自分のママのほうばかり見ています。

「さあ、それでは、ひとりずつ歩きましょう。左まわりにまわりますよ。時計《とけい》とはんたいにね。このA《エー》の標識《ひょうしき》からF《エフ》まで歩きます」

メグ・モリスがそう言ったので、ソフィーが言いました。

「キング・エドワードの馬どもは大食らい！」

「すごいわ、ソフィー！　よく知ってるのね」

ソフィーは、にっこり。三人の女の子は、きょとん。ドーンは、まっ青《さお》。

メグ・モリスは、ひとりめの女の子のポニーを引いて、馬場《ばば》をまわりはじめました。それを見て、アルおばさんが、ソフィーのポニーのそばに近より、手すりごしに声をかけました。

「ソフィー、あなたの後ろの女の子だけど、あの子を知ってるの？」

「よくは知らない。ただのドーンだよ。それだけ」

「あの子、こわがってるわよ」

と、アルおばさん。

「でしょうね。泣《な》きむしだもん」

ソフィーは、そう言って、いやなものでも見るような目つきで、ドーンを見ました。

「だれだって、いつでも勇敢《ゆうかん》でいられるわけないわ。そうでしょ。あの子に何か言ってあげたら、どう？　落《お》ちつくように」

「ジョーダンじゃない！」

ソフィーは、らんぼうにそう言いました。

「ソフィー。わたしは、じょうだんなど言ってませんよ」

アルおばさんの声には、よく切れるナイフのようなするどさが、ありました。

「あなたが、ほんの少しの人だすけもできないなら、はじめてのレッスンだろうがなんだろうが、これでおわりにするわ。おろかなふるまいをする者のために、だいじなお金《かね》を使《つか》うつもりは、ありません」

それだけ言うと、アルおばさんは、くるっと背中《せなか》をむけて、小鳥のような細い足で、すたすた歩いていってしまいました。

ソフィーは、顔があつくなりました。

しばらくして、ソフィーは、後ろをふりかえってドーンを見ました。そのとたん、ドーンは、これいじょうないぐらい、なさけない顔になりました。

「あんた、だいじょうぶ？」

ソフィーが、ぶっきらぼうに聞きました。

「落《お》ちそうだわ。わたし、こわい」

ドーンが、みじめな声で言いました。

ソフィーは、ドーンのすらっと長い足をじろりと見て、

「落《お》ちたって、すぐ足がつくよ」

「こわいの」

と、ドーン。

ソフィーは、大きく息《いき》をすってから、できるだけやさしい声を出しました。

「いい、ドーン？　だいじょうぶだよ。こわがることなんて、ないから。あんたは、ただそのまま、すわってればいいの。あの女の人が、たづなを引いてくれるから。なんにもしんぱいすることないって。もしも、そんなにいやなら、つぎからもう、ここへ来なければいいじゃない」

ほんとに、もう、来なければいいのに。ソフィーは心の中で、そう思いました。

ドーンは、びっくりぎょうてんです。ソフィーが、こんなにやさしそうな声で話しかけてくるなんて。あんまりおどろいたので、こわかったこともわすれ

て、ぼうっとしていました。そのあいだにじゅんばんがきて、馬場《ばば》をひとまわり、引かれて歩いていました。

ドーンのママは、にこにこして見ていました。

アルおばさんは、知らん顔で見ていました。

お母さんは、ソフィーの番にまにあうように、買いものからもどりました。

ソフィーに、「すすめ」と、声がかかりました。

メグ・モリスには、すぐわかりました。ソフィーは、まだ経験《けいけん》が少ないながら、乗馬《じょうば》の素質《そしつ》があると。それで、ほかの子とはべつあつかいにしました。ほかの子たちは、うらやましそうに、それを見ていました。とくに、今はほほにピンク色がもどったドーンが。

ソフィーは、メグ・モリスにつきそわれて、逆時計《ぎゃくとけい》まわりにつづいて、時計《とけい》まわりに歩き、つぎは〝速足《はやあし》〟。ソフィーは、生まれつき身《み》にそなわっているように、しゃんとして、鞍《くら》にまたがっています。

やがて、レッスンがおわり、ソフィーがもどってくると、お母さんが声をかけました。

「よくできたわ、ソフィー。とってもじょうずだった」

アルおばさんは、

「よくできました、ソフィー。これなら、つぎからのレッスンを、楽しみにできるわ」

そう言うと、きらきら光る青い目で、ソフィーの目をまっすぐ見下ろしました。ソフィーには、おばさんが言った意味《いみ》がすっかり通《つう》じたので、ふたりは、にっこりわらいあいました。

「ソフィーは、じょうずに乗《の》りこなしましたよね」

お母さんが言うと、おばさんは、

「わるくないわね。ただ、ときどき、ほんの少し、ムチがいるわ」

さくせん開始《かいし》！

ソフィーの二度《にど》めのレッスンの前に、アルおばさんの帰る日がきました。ふたりは、まるで、なかのよい友だちどうしのように、なごりをおしみました。

「ソフィー、あなたが書いてくれた詩《し》は、額《がく》に入れて、わたしの部屋《へや》のかべにかざることにするわ。それから、のこりの乗馬《じょうば》レッスンのようすを、知らせてね。あなたはきっと、いい女騎手《きしゅ》になると思うわ」

アルおばさんが言うと、

「子ども騎手《きしゅ》だよ」

と、ソフィー。

「そう、今はね。でも、時のたつのは早いものよ。あっというまにおとなになるわ」

「〝あっ〟。ほら、言ったよ。」

ソフィーはニヤリ。

「もう少し大きくなったら、おばさんのうちにいらっしゃい。わたしとオリーに会《あ》いにね。高地がすきになると思うわ」

「あたし、ひとりで？」

「家族《かぞく》みんなで来れたらいいわね。そう、こんどの夏休みにでも。あなたのお父さんが、いつか、みんなでスコットランドで休暇《きゅうか》をすごしたいって言ってたわ。でも、あなたが、ひとりで旅行《りょこう》ができるようになって、来られたら、どんなにすてきでしょう。そうねえ、ええと、あと八年もして十五才になればね」

ソフィーは、頭の中で計算して、

「それじゃあ、おばさんは九十才だよ。もしも……」

そう言いかけて、やめました。

「もしも、まだ生きてればね。そう言いたいんでしょう？　だいじょうぶよ、ソフィー。わたしは百才まで生きて、女王さまから、おいわいの電報《でんぽう》をもらうつもりだから。わたしの父親は、百二才と九か月まで生きたのよ。わたしも、まだまだ元気」

「オリーも、まだ生きてる？」

ソフィーが聞くと、

「もちろんよ。〝ネコには九つの命《いのち》がある〟って、言うじゃない」

いよいよおわかれというとき、ソフィーは、いつものように、あくしゅをしてわかれるつもりでした。キスをするのは、ふたりともすきじゃないから。

それなのに、気がついたときには、ソフィーは、アルおばさんの細い体《からだ》にだきついて、顔をうずめていました。大《おお》・大《おお》おばさんは、モップのようなソフィーのモジャモジャ頭を、やさしくなでてくれました。

アルおばさんの乗《の》った車が駅《えき》にむかって出発《しゅっぱつ》すると、みんなでさよならと手をふりました。ソフィーが、大声で、

「またね！」
とよびかけると、おばさんも
「きっとね！」
やがて、車は見えなくなりました。

つぎの日、ソフィーは二回めのレッスンを受《う》けに、クローバー乗馬《じょうば》スクールに行きました。ドーンのすがたが見えないので、ソフィーは、ほっとしました。またドーンにやさしくするのは、つらいなと思っていたけど、そのしんぱいはなくなったのです。

「ドーンは、かぜでもひいたの？」

ソフィーがメグ・モリスに聞くと、

「いいえ。あの子は、もう来ないわ」

「あらら。もったいない」

と、ソフィー。

「たぶん、あんまり馬ずきじゃなかったのね」

メグ・モリスが言うと、

「だろうね。だって、あの子は、ビヨウシになりたいんだもん」

休みの前に、学校で、みんな、大きくなったら何になりたいかを書いたから、わかっているのです。男の子のほとんどは、サッカー選手《せんしゅ》かレーサーになりたくて、女の子のほとんどは、幼稚園《ようちえん》や学校の先生になりたいようでした。ドーンのように、美容師《びようし》になりたい子も何人かいました。アンドリューは、もちろん牧場《ぼくじょう》マン。ソフィーは、もちろん〈女牧場《ぼくじょう》マン〉。

ダンカンは、コックさん。理由《りゆう》を聞かれて、ひとこと、こう言いました。

「食べるのがすきだから」

新学期《がっき》のはじめに、ソフィーはお父さんに、おこづかい値上《ねあ》げの交渉《こうしょう》をしました。クリスマスプレゼントを買ったので、牧場《ぼくじょう》ちょきんは九ポンドと十ペンスにへっています。

「もう、三年もためてるんだよ。それなのに、一年に三ポンドしかたまらないんだもん。お金《かね》がぜんぜんない人のこと、なんていうんだっけ？」

「文無《もんな》しかな？」

「そう。あたし、モンナシだよ」

ソフィーは、計算した紙を見せて、お父さんに説明《せつめい》しました。

「見て。おとなになるまでに、牧場《ぼくじょう》が買えるだけのお金《かね》がいるんだけど。まあ、おとなというのは十八才として、今から十一年。3かける11は33。それに今あるお金《かね》を足すと、四十二ポンド十ペンス。四十二ポンド十ペンスしかないのに、どうして〈女牧場《ぼくじょう》マン〉になれるっていうの？」

「そうだなあ。牧場《ぼくじょう》の人と結婚《けっこん》すれば？　それもひとつの手だぞ」

と、お父さん。

「牧場《ぼくじょう》がアンドリューのものにならなければ、アンドリューとは結婚《けっこん》しないよ」

「アンドリューのパパが、引退《いんたい》すればいいのか？」

「または、天国に行くかね。年とってるから」

ソフィーは、さらりと言いました。

まだ四十代に見えるけどなあ、と、お父さんは思いました。だって、ぼくと同じぐらいだろう？

「まあ、もっと、ちょきんをするしかないな、ソフィー」

「家族《かぞく》ぐるみの、シキンダンジョがほしいよ」

「シキンエンジョだろう？」

「なんでもいいけどさ、ツマリ、あたしが言いたいのは、おこづかいを値上《ねあ》げしてほしいってこと。一週間に一ポンドにしてよ。お兄ちゃんたちみたいに。だって、フコーヘイだよ。あたしは五十ペンスなのに、お兄ちゃんたちは二ポンドなんてさ」

「おいおい。お兄ちゃんたちは、ふたりで二ポンドだろ」

「ツマリ、あたしが女の子だからでしょ。ダンジョビョードーだから、女子も、男子も同じだけもらうケンリがあるんだよ」

ソフィーのお父さんは、むすめのいきおいに、すっかり負けてしまいました。

「ええと、それでは、と。おまえのおこづかいを、週に一ポンドにしよう」

「ありがとう、お父さん」

ソフィーは、そう言って、もう一度《いちど》さっきの紙をとりだしました。

「あたしのたんじょう日から、もう二週間すぎたから、あと五十ペンスかける二回分のツイカリョウキンね」

「ああ、ソフィー。おまえは、りっぱなビジネスウーマンになるなあ。仕事《しごと》にぬかりがない。おまえと結婚《けっこん》する男は、しあわせだろうな。アンドリュー、うまくやれよ」

するとソフィーは、鼻《はな》の頭をこすりながら、こう言いました。

「決《き》めるのは、アンドリューじゃないけど。でも、お父さんのおかげで、いいことを考えついたよ」


つぎの日、学校の校庭《こうてい》で、ソフィーがアンドリューに言いました。

「学校がはじまってから、まだあんたのところに、お茶によばれてないよ」

「だって、まだ二日《ふつか》しかたってないよ」

と、アンドリュー。

「よばれてないのは、たしかでしょ。ママにたのんでね」

「ああ、いいよ」

それから二、三日して、アンドリューのママが、ソフィーのお母さんに、ソフィーをお茶によんでいいかと聞きました。

「ソフィーが、牛のフンの上でしりもちをついたり、アヒルの池にとびこんだりしないように、よく気をつけますから」

お茶の前に、アンドリューのパパが、子どもたちを連《つ》れて、ブタ小屋《ごや》を見せてくれました。ちょうど前の晩《ばん》に、一頭のメスブタが、子ブタを十ぴきうんだところです。囲《かこ》いの中では、母ブタが寝《ね》そべって、ぷくぷく太ったピンク色の子ブタたちに、おっぱいを飲《の》ませています。

ソフィーが、アンドリューのパパに聞きました。

「おじさん、何才？」

「今年、四十だよ」

「いつ引退《いんたい》する？」

アンドリューのパパは、くすっとわらいました。

「まだ、とうぶんは引退《いんたい》しないよ、ソフィー。そうだなあ、あと二十年ぐらいかな。アンドリューが一人前《いちにんまえ》になって、あとをついでくれるまでね」

「ふーん。アンドリューが、あとをつぐの？」

「そうねがいたいね。この牧場《ぼくじょう》は、ずっとむかしから代々《だいだい》、父から子へと受《う》けつがれてきたからね」

「そしたら、ぼくは、トラクターを運転《うんてん》するんだ。どのトタラクターも、ぜーんぶね」

と、アンドリューが口をはさみました。

「この子は、手先がきようでね。レゴ・ブロックもじょうずに組み立ててるからな。機械面《きかいめん》で、力をはっきりしてくれるだろうと思うよ」

すると、ソフィーが言いました。

「あたしは、動物面《どうぶつめん》で力をハッキするよ。あたしは〈女牧場《ぼくじょう》マン〉になるから」

アンドリューのパパは、ふたりの子どもたちを、あらためて見つめました。

どちらも七才。ひとりは、ほとんど白に近い金髪《きんぱつ》。もうひとりは、まっ黒なモジャモジャ頭。ブタの囲《かこ》いの前で、ふたりならんでいます。ひょっとして……

二十年後は……アンドリューのパパは、心の中で言いました。アンドリュー、うまくやれよ。

お茶のあと、アンドリューとソフィーは、テレビの子ども番組を見ました。といっても、テレビを見ていたのは、アンドリューだけ。ソフィーは、考えごとをしていました。やがて、アンドリューに話しかけました。

「おこづかい、いくらもらってる？」

「一週間に一ポンド」

それを聞いて、ソフィーはうなずきました。やっぱりね。

「今、いくらぐらいたまってる？」

「二百ポンドぐらいかな」

と、アンドリュー。

「ふざけないで、アンドリュー。ほんとは、いくら？」

「ぜんぶで二十ポンド。クリスマスにもらった分を、まだ使《つか》ってないから」

「使《つか》っちゃだめだよ。ためておいてね」

「ああ、いいよ」

アンドリューは、じゃまをされずにテレビが見たくて、そう返事《へんじ》をしました。

「毎週五十ペンスはちょきんしないとだめだよ」

ソフィーが言うと、

「ああ、いいよ」

「あたしもそうするから、二十年たったら、あたしたち、ずいぶんお金《かね》がたまる。それに、あたし、牧場《ぼくじょう》を買わなくてもいいし、動物《どうぶつ》もぜんぶ、ここにいる。おじさんには、ゆっくり休んでもらう。そうしたら、あんたは牧場《ぼくじょう》マンで、あたしは〈女牧場《ぼくじょう》マン〉だね」

アンドリューは、テレビにむちゅうで、返事《へんじ》もしません。ソフィーは、ためいきをついて、

「アンドリュー、聞いて」

「何？」

「大きくなったら、あたし、あんたと結婚《けっこん》するよ」

「ああ、いいよ」


その夜、お母さんとお父さんが「おやすみなさい」を言いにソフィーの部屋《へや》へ行ったとき、ベッドの中のソフィーは、いかにもしあわせそうに見えました。足もとに寝《ね》そべったトムボーイも、しあわせそうにゴロゴロいっています。

「どうしたの？　ソフィーったら、クリームをもらったネコみたいに、うれしそうな顔をしてるわよ」

お母さんがそう言うと、お父さんも、

「ネコが二ひきいるみたいだよ。どっちも、クリームの大皿《おおざら》をぺろりとたいらげたような顔してる」

「そう。お母さんたちに、知らせることがあるの。アルおばさんにも手紙を書くけど、お兄ちゃんたちには言わないで。あのふたりには、わからないから」

お母さんとお父さんが聞きました。

「わからないって、何が？」

「知らせるって、何を？」

ソフィーは、むっくり起《お》きあがって、言いました。

「お母さんとお父さんには、いちばんに知らせたかったの。あたし、コンヤクしたよ」

つづく

著者：ディック・キング=スミス Dick King-Smith
1922年、イギリスのグロスターシャー生まれ。第二次世界大戦にイギリス陸軍の将校として従軍し、戦後は長い間、農業に従事。50歳を過ぎてから教育学の学位を取り、小学校の教師となる。その頃から童話を発表しはじめ、60歳になった1982年以後は執筆活動に専念している。主な邦訳作品に、ガーディアン賞受賞の『子ブタ シープピッグ』、『飛んだ子ブタ ダッギィ』『女王の鼻』『ソフィーとカタツムリ』（以上、評論社）、『かしこいブタのロリポップ』（アリス館）、『奇跡の子』（講談社）、『魔法のスリッパ』（あすなろ書房）などがある。

画家：デイヴィッド・パーキンズ David Parkins
イギリスのイラストレーター。ディック・キング=スミスの『パディーの黄金のつぼ』『みにくいガチョウの子』（ともに岩波書店）などに挿画を描いているほか、絵本『チックタック』（E・ブラウン文／評論社）も出版している。

訳者：石随じゅん（いしずい・じゅん）
1951年、横浜市生まれ。明治大学文学部卒業。公立図書館に勤務ののち、主に児童文学の翻訳に携わる。訳書に『ソフィーとカタツムリ』など。

■評論社の児童図書館・文学の部屋

ソフィーのさくせん

二〇〇五年五月二〇日　初版発行

●——著　者　ディック・キング=スミス
●——画　家　デイヴィッド・パーキンズ
●——翻訳者　石随《いしずい》じゅん
●——発行者　竹下晴信
●——発行所　株式会社評論社
〒162-0815　東京都新宿区筑土八幡町二-二一
電話　営業　〇三-三二六〇-九四〇九
編集　〇三-三二六〇-九四〇三
振替　〇〇一八〇-一-七二九四
●——印刷所　凸版印刷株式会社
●——製本所　凸版印刷株式会社

落丁・乱丁本は本社にておとりかえいたします。

商標登録番号　第七三〇六九七号　第八五三〇七〇号　登録許可済

ISBN4-566-01334-0　NDC933　157p.　201mm×150mm
http://www.hyoronsha.co.jp

ディック・キング=スミス作・やりぬく女の子ソフィーの物語

ソフィーとカタツムリ

デイヴィッド・パーキンズ 絵
石随じゅん 訳

生き物がだいすきな女の子ソフィー。まだ四才だけど、一度決めたら、何だってやりぬきます。心やさしくて、しっかり者、〈女牧場マン〉をめざすソフィーを、あなたもきっと応援したくなりますよ。

123ページ

ソフィーと黒ネコ

デイヴィッド・パーキンズ 絵
石随じゅん 訳

五才になったソフィー。庭にやってきた黒ネコを飼いたくてたまらないのだけれど、お父さんは大のネコぎらい。そこでアルおばさんと相談して……。最後に、ソフィーもびっくりする出来事が……。

139ページ

ソフィーは子犬もすき

デイヴィッド・パーキンズ 絵
石随じゅん 訳

アルおばさんが、ウサギをプレゼントしてくれました。黒ネコや白ウサギと遊ぶソフィーは、しあわせ。でも、友だちの家に子犬が生まれたと知って、お父さんに、「何才になったら犬が飼えるの?」。

157ページ